Brigitte Blobel
wurde 1942 in Hamburg geboren. Nach dem Studium der Theaterwissenschaften, Politik und Zeitungswissenschaften arbeitete sie als freie Journalistin für verschiedene Zeitschriften. Bis heute hat Brigitte Blobel neben vielbeachteten Reisereportagen und Drehbüchern zahlreiche Romane für Erwachsene und Jugendliche veröffentlicht, für die sie bereits mehrfach ausgezeichnet wurde. Sie lebt heute in ihrer Heimatstadt Hamburg.

Saras riskanter Plan

SCHNEIDER BUCH

Die Deutsche Bibliothek – CIP-Einheitsaufnahme

Blobel, Brigitte:
Starke Mädchen / Brigitte Blobel. – München : Egmont Schneider

Saras riskanter Plan. – 1999
ISBN 3-505-11186-4

Dieses Buch wurde auf chlorfreies, umweltfreundlich hergestelltes Papier gedruckt. Es entspricht den neuen Rechtschreibregeln.

Der Schneider Verlag im Internet:
http://www.schneiderbuch.de

Titelfoto: Dominik Parzinger
Umschlaggestaltung: ART-DESIGN Wolfrath, München
Lektorat: Susanne Böse
Herstellung: Gabi Lamprecht
Satz: Ludwig Auer GmbH, Donauwörth
Schrift: 11' Baskerville
Druck: Presse-Druck, Augsburg
Bindung: Conzella Urban Meister, München-Dornach
ISBN 3-505-11186-4

99 00 / 8 7 6 5 4 3 2 1

MÄRZ

1

„Sehr hübsch." Die Verkäuferin legte den Kopf schief und lächelte. „Wirklich, passt wunderbar zu deinem Typ. Natürlich muss man sich das ohne die dicken Socken vorstellen."

Sara schob die Verkäuferin wortlos zur Seite und ging auf ihren Vater zu, der neben dem Kleiderständer zusammengesunken auf einem Schemel saß, die Augen ins Leere gerichtet.

„Das ist doch viel zu teuer, Papi", sagte sie. „Ich brauch doch nicht so ein teures Kleid." Ihr war es egal, ob sie in dem Kleid hübsch aussah oder nicht.

Ihr Vater schaute auf. Er hatte rote Augen, geschwollene Lider. Er zog ein Taschentuch aus der Jackentasche und wischte sich damit über die bleiche Stirn. Das mühsame Lächeln, das er sich abrang, traf Sara mitten ins Herz.

„Du siehst auf einmal so erwachsen aus", murmelte er.

Die Verkäuferin tauchte wieder neben Sara auf und zupfte an ihr herum. „Wir könnten Schulterpolster unterlegen", schlug sie vor, „das würde deine schlanke Taille betonen. Und deine schmalen Hüften. Du hast ja wirklich eine Figur wie ein Model."

Sara und ihr Vater schauten sich an. „Was meinst du?“, fragte Sara.

„Ich finde es schön“, sagte der Vater.

„Aber es kostet zweihundertzwanzig Mark!“

„So ein Kleid“, sagte die Verkäuferin, „ist ja auch eine Anschaffung fürs Leben.“

„Eher für den Tod“, murmelte Saras Vater. „Wir brauchen das Kleid für eine Beerdigung.“

„Oh.“ Die Verkäuferin wich erschrocken einen Schritt zurück. Als hätten wir eine ansteckende Krankheit, dachte Sara grimmig. Sie war an diesem Tag nicht traurig, ihre Trauer war in Wut umgeschlagen, in einen ohnmächtigen Zorn auf alles und jeden.

„Und ich dachte, es soll ein Konfirmationskleid sein“, sagte die Verkäuferin in dem Versuch, das Gesagte wieder gutzumachen.

„Ich werde nicht konfirmiert“, sagte Sara, „ich war zur Jugendweihe.“

„Ah, natürlich, klar.“

„Und da hatte ich eine rote Hose und einen weißen Pulli an“, sagte Sara. „Nicht so was wie dies hier.“

Das Kleid hatte lange Ärmel und war hochgeschlossen. Schlicht, langweilig und schwarz. Ich werde es nie wieder anziehen, dachte Sara. Nie im Leben. „Papi, ich finde, wir sollten es nicht kaufen“, sagte sie.

„Aber Mami würde es uns nie verzeihen, wenn du in Jeans zu ihrer Beerdigung gehst."

Sara presste die Lippen zusammen.

„Weißt du, was Mami uns noch viel weniger verzeihen würde? Dass wir uns um solche überflüssigen Sachen Gedanken machen."

Die Verkäuferin räusperte sich. „Vielleicht, ich meine, wenn Sie sich noch woanders umschauen wollen ... Oder es sich in Ruhe überlegen ..."

„Oh ja, danke, das ist nett. Ich zieh's wieder aus. Ja, Papi? Einverstanden?"

Ihr Vater hob nur müde die Schultern. „Tu, was du für richtig hältst."

Sara schaute die Verkäuferin zum ersten Mal richtig an. „Wir überlegen uns das noch mal. Vielleicht kommen wir zurück."

„Ich häng das Kleid für alle Fälle ein bisschen zur Seite." Die Verkäuferin schien genauso froh, die beiden los zu sein. Sara konnte es gar nicht erwarten, das Kleid auszuziehen und in ihre alten Klamotten zu schlüpfen.

Als sie den Laden verließen, stand die Verkäuferin an der Glastür. „Herzliches Beileid", sagte sie zum Abschied.

Sara und ihr Vater gaben keine Antwort.

Als sie wieder auf der Straße standen, schien die Sonne. Es war Frühling, und überall stellten sie die

Stühle vor die Tür. Alle Cafés hatten geöffnet, die Forsythienblüten waren aufgesprungen, und im Tiergarten blühten Narzissen, Tulpen und Hyazinthen um die Wette. Der Frühling war Saras Lieblingsjahreszeit – normalerweise. Aber dieses Jahr hatte sie die wenigen Sonnentage im Krankenhaus verbracht, am Bett ihrer Mutter, und mit sich und dem Schicksal gehadert. Es gibt keinen Gott, hatte sie gedacht, sonst hätte er das nicht zugelassen, dass Mami so elend sterben muss – Schmerzen bis zum letzten Atemzug. Das ist nicht gerecht.

Ihr Vater blinzelte in die Sonne. Er wirkte verloren. „Hast du Hunger?", fragte er. „Vielleicht sollten wir etwas essen."

„Ich will nichts", sagte Sara.

„Du musst etwas essen, Sara. Du siehst aus wie ein Strich in der Landschaft."

Sie überquerten den Alexanderplatz. Um sie kurvten grell gekleidete Leute auf Inlineskates herum. Aus dem Lautsprecher einer Pizzeria dröhnte Popmusik. Der Himmel über ihnen strahlte. Alle Berliner waren an diesem Tag unterwegs, fest entschlossen, den Frühlingstag mit einem Lächeln zu begrüßen.

Sara fühlte sich wie ein Wesen von einem anderen Stern, als sie neben ihrem Vater herging. Ihr Kopf war leer, ihr Körper ganz taub. Vor drei Tagen hatte morgens um sechs das Telefon geklingelt. Sara hat gehört, wie ihr Vater abgenommen und „Hallo?" gesagt hatte. Dann Stille. Lange. Sara hatte mit angehaltenem Atem in ihrem Bett gelegen, und ihr Herz hatte so heftig geschlagen, dass es wehtat.

Dann hatte sie gehört, wie ihr Vater aufschluchzte. Und dann waren da lauter dumpfe Töne, die sie sich nicht erklären konnte. Mit einem Satz war sie aus dem Bett und im Flur. Da stand ihr Vater, die Hände an der Wand abgestützt, und schlug mit der Stirn gegen den Türrahmen. Immer wieder.

„Papi, hör auf!" Sara hatte ihn an den Schultern zurückgezogen. Das Gesicht ihres Vaters war nass von Tränen.

„Sie ist tot, Sara", hatte er geflüstert. „Mami ist heute Nacht gestorben. Ganz friedlich, hat der Doktor gesagt. Und weißt du, was sie als Letztes gesagt hat, zu der Schwester, die ihr gerade etwas Tee einflößen wollte?"

„Ich will es nicht hören. Bitte, Papi, bitte sei still." Er hatte sie zu sich herangezogen.

„Doch, du musst es hören, weil es schön ist, weil es uns tröstet – sie hat gesagt: ‚Komisch, Schwester, auf einmal tut mir gar nichts mehr weh.' Und dann hat sie sich zurückgelehnt auf das Kissen, und im nächsten Augenblick war sie …"

Sara hatte ihrem Vater die Hand auf den Mund gelegt. Und dann hatten sie sich aneinander festgehalten. Sie hatten einfach dagestanden und sich festgehalten. Und seitdem fühlte Sara sich wie so ein Wesen von einem anderen Stern. Verstand nicht, worüber die Leute lachten, spürte nicht die Wärme der Sonne auf dem Gesicht. Wenn sie auf die blühenden Sträucher schaute, auf die Blumen, die gedeckten Tische, dann zog sich etwas in ihrer Brust zusammen, als könnte sie mit der ganzen Frühlingsschönheit nichts mehr anfangen. Frühling bedeutete Aufbruch, Hoffnung. Aber für sie gab es das nicht, keinen Aufbruch, keine Hoffnung.

Ihr Vater schob sie sanft zu einem der Tische, die im Schatten einer Buchhandlung aufgestellt waren. Die Kellnerin trug hellgelbe Satinhosen und ein nabelfreies, enges Westchen. Sie war schwarz und sah sehr gut aus. Lächelnd kam sie zu ihnen an den Tisch.

„Und was darf ich euch beiden bringen?“, fragte sie fröhlich. „Wir haben neben dem, was auf der Karte steht, einen Mega-Eisbecher im Angebot. Mit exotischen Früchten. Wie klingt das?“

„Ich möchte nur ein Wasser“, sagte Sara.

„Und ich einen Cognac.“ Saras Vater schaute zu der Kellnerin auf. Er lächelte zerstreut. „Uns ist heute nicht so nach einem Eisbecher, entschuldigen Sie.“

„Dafür müsst ihr euch doch nicht entschuldigen. Ich hab auch manchmal solche Tage. Also, ein

Wasser und ein Cognac. Irgendeine bestimmte Marke?“

Saras Vater schüttelte den Kopf. „Etwas, das in der Kehle brennt“, sagte er.

Die Kellnerin sah ihn mitfühlend an. „Verstehe.“ Sara dachte, vielleicht tut sie das wirklich. Ihr Vater zog ein Päckchen Zigaretten aus der Jackentasche. Er zündete sich eine Zigarette an und zog mit geschlossenen Augen den Rauch ein. Er sah schlecht aus. Er hatte sich zwar rasiert, aber ein paar Stellen übersehen. Seine Haare waren noch dunkel, aber die Bartstoppeln grau. Sara fiel ein, dass sie in den letzten drei Tagen weder Frühstück noch Abendbrot bereitet hatte. Gar nichts. Sie hatte auf dem Bett gelegen und an die Zimmerdecke gestarrt. Wenn ihr Vater ins Zimmer kam, hatte sie sich einfach zur Wand gedreht. Er hatte dann stumm eine Weile gewartet, und sie hatte sein Flehen wohl gespürt, aber sie konnte nicht reden. Ihn nicht trösten. Sie konnte einfach nicht.

Manchmal, wenn die Wut wieder in ihr hochkroch, gab sie ihrem Vater die Schuld am Tod ihrer Mutter. Wenn er nicht diese Firma in den Sand gesetzt hätte, wenn die nicht in Konkurs gegangen wäre … wenn ihre Mutter sich nicht so viele Sorgen gemacht hätte … Alle Menschen sagten, dass man von Sorgen krank wird. In jedem Buch konnte man so was lesen. Wenn ihr Vater nicht auf die verrückte Idee gekommen wäre, sich selbstständig zu machen …

Ihr Vater führte mit zitternden Fingern die Zigarette an den Mund. Plötzlich tat er Sara Leid.

„Willst du wirklich den Cognac auf leeren Magen trinken?“, fragte sie. „Das ist nicht gut, Papi.“

„Besser als gar nichts“, sagte ihr Vater.

„Okay, dann essen wir was.“

„Ich dachte, du willst nichts.“

„Doch, ich will was. Hier gibt es Pizza. Wir könnten uns eine Pizza Margherita teilen. Die ist immer am billigsten. Hast du Geld dabei?“

„Natürlich hab ich Geld dabei“, sagte ihr Vater gereizt. „Hast du vergessen, dass wir dir ein Kleid kaufen wollten?“

„Ich brauche kein Kleid. Mami liebt mich auch so. Auch wenn ich mit meinen alten Klamotten zur Beerdigung gehe. Darauf kommt es nicht an, sondern darauf, dass wir sie nicht vergessen, dass wir sie lieb haben, auch wenn sie nicht mehr bei uns sein kann.“

Ihr Vater schob seine Hand zu ihr herüber. Er kämpfte mit den Tränen. In der letzten Zeit weinte er oft. Sara konnte es kaum aushalten, immer diese rot geweinten Augen zu sehen.

Sara weinte nicht, fast nie. Sie konnte einfach nicht. Vielleicht hatte sie nicht genug Tränen. Sie konnte es sich selbst nicht erklären.

„Du musst mir noch eine Entschuldigung schreiben, für die Schule“, sagte Sara. Sie streichelte seine Hand.

„Okay, ja, mach ich. Wann willst du denn wieder hingehen?“

„Ich weiß es nicht“, sagte Sara. „Übermorgen ist die Beerdigung, vorher auf keinen Fall.“

„Klar“, sagte ihr Vater.

Es war ihm völlig gleich, wann sie wieder zur Schule ging, das merkte Sara.

„Ich könnte das nicht aushalten“, sagte sie, „dieses verlogene Mitleid der anderen, dieses ganze Getue. Und dann die Lehrer ... nee. Die fragen immer, wieso ich auf einmal so schlecht geworden bin. Vor Montag geh ich bestimmt nicht wieder hin.“

Die Kellnerin brachte den Cognac und das Wasser.

„Wir möchten doch etwas essen“, sagte Saras Vater.

„Aber klar doch, ich bring die Karte.“

„Ist die Pizza Margherita gut?“, fragte Sara.

„Richtig supergut“, sagte die Kellnerin fröhlich. „Und riesig, geht bis über den Tellerrand.“

„Gut“, sagte der Vater, „dann teilen wir uns eine.“ Als die Kellnerin wieder gegangen war, fragte er: „Und du versäumst keine wichtigen Arbeiten in der Zeit?“

„Doch, aber ist das nicht völlig egal?“

„Ich weiß nicht“, sagte ihr Vater. „Du bist in der

letzten Zeit ziemlich abgesackt. Hast drei Arbeiten verhauen. Deine Mami hat mich immer gefragt, wie es dir geht in der Schule, bis zum Schluss. Sie hat mir aufgetragen, dass ich mich mehr um dich kümmern soll."

Sara verdrehte die Augen. „Ich bin doch kein Baby mehr. Ich kümmere mich um meine Sachen und du dich um deine, okay?"

Das saß. Ihr Vater senkte den Kopf und schwieg. Sara drehte sich auf dem Stuhl so, dass sie den Platz überblicken konnte. Es war so voll, dass die Leute sich gegenseitig auf die Füße traten. Unglaublich, wie viele Menschen in Berlin wohnten. Und alle wollten offenbar im selben Augenblick am selben Ort sein. Ihre Mutter hatte erzählt, dass der Alexanderplatz früher ganz anders ausgesehen hatte, vor der Wende. Da hatte es keine Straßencafés, keine Musik, keine Skater gegeben. Nicht so bunt gekleidete Leute, so verrückte Typen. Alles mehr grau in grau, hatte ihre Mutter gesagt. So wie Sara sich jetzt fühlte.

Als die Pizza gebracht wurde, schnitt ihr Vater sie in der Mitte durch und klappte seine Hälfte zusammen.

„Riecht gut, was?", fragte er und schenkte ihr ein Lächeln. Das erste richtige Lächeln seit Tagen.

„Mmmh", sagte Sara, „super."

Sie aßen schweigend. Sara merkte, wie ihr Magen

sich zusammenzog. Er war richtiges Essen nicht mehr gewöhnt.

„Wenn wir das alles hinter uns haben“, sagte ihr Vater nach einem langen Moment, „die Beerdigung und die Besuche der Verwandtschaft und alles, dann suche ich mir einen neuen Job.“

„Toll“, sagte Sara.

Aber sie glaubte nicht daran. Vor einem Jahr war die Baufirma ihres Vaters in Konkurs gegangen. Erst waren sie darauf gekommen, dass er illegale Arbeiter beschäftigte, dann hatte er für das Fundament eines Hauses den Beton falsch gemischt. Und der Bauherr hatte ihm gekündigt. Und dann waren noch ein oder zwei Sachen passiert, Aufträge, die wegen der schlechten Wirtschaftslage storniert worden waren. Auf einmal bekam ihr Vater keine Kredite mehr und musste alle Leute entlassen. Dann wurden die Maschinen verkauft. Und dann stand der Gerichtsvollzieher in der Tür und pfändete das Auto, den Fernseher und die Stereoanlage. Und ihr Vater saß nur noch auf dem Sofa und bemitleidete sich selbst.

„Ich versprech’s dir“, sagte ihr Vater.

Sara hob den Kopf, sie schaute ihn lange an. „Du hast das schon ziemlich oft versprochen.“

„Ich weiß, Mädel, ich weiß. Aber so lange es deiner Mami so schlecht ging … ich war einfach fertig, verstehst du? Ich konnte mich zu nichts aufraffen.“

Sara verstand. Ihr war es genauso gegangen mit der Schule. Sie war von Monat zu Monat abgesackt mit ihren Leistungen. Die Lehrer hatten auf sie eingeredet, und ein Tutor hatte angeboten, ihr zu helfen. Aber Sara konnte sich zu nichts aufraffen. Es war, als würde sich in ihrem Kopf ein Gas ausbreiten, eine Art Gift, das sie am Denken hinderte …

„Es gibt da eine Firma, die am Potsdamer Platz einen großen Auftrag bekommen hat", sagte ihr Vater. „Ich kenn zufällig den Bauleiter sehr gut. Die können einen Fachmann für die Eisenträgerkonstruktion brauchen. Verstehst du? Die zahlen gut. Montag werde ich mich gleich darum kümmern."

Sara wischte Tomaten- und Käsereste vom Mund und knüllte die Serviette zusammen. „Wäre toll, wenn das klappt", sagte sie. Aber sie glaubte keine Minute daran, dass ihr Vater die Energie aufbringen würde, so wie er da vor ihr saß.

2

Sara saß in der kalten Friedhofskapelle und drehte den Vergissmeinnichtstrauß in den feuchten Händen.

Sie trug ihre Jeans, schwarze Stiefel und ein

schwarzes T-Shirt, das sie sich von Manou geliehen hatte. Manou war ihre Freundin. Sie saß genau in der Reihe hinter ihr. Sara hörte, wie sie schluchzte. Manou weinte immer, bei kitschigen und traurigen Filmen, sogar, wenn sie ein Kätzchen entdeckte, das verloren in einer Hofecke kauerte.

Aber dieses hier war etwas anderes. Sara starrte nach vorn, auf den hellen Sarg zwischen den großen Lorbeerbäumen. Der Sarg war auf Stühlen aufgebahrt, und rechts und links davor lehnte je ein Kranz. Auf dem einen stand: *In Liebe Dein Franz* und auf dem anderen: *Tschüss Mami.*

Ihr Vater hatte gelbe Rosen bestellt für seinen Kranz. Sara Vergissmeinnicht. Ihr Vater war zuerst dagegen gewesen, einfach nur *Tschüss Mami* auf die Schleife zu schreiben. Aber Sara hatte sich nicht zu einem anderen Text überreden lassen. Sie hätte auch schreiben können: *In Liebe Deine Sara,* aber das wollte sie nicht. „Mami weiß doch, dass ich sie lieb hab", hatte sie gesagt. „Und die anderen geht es nichts an."

Die anderen, das waren ein paar Leute aus der Nachbarschaft, eine Cousine ihres Vaters mit Familie und ehemalige Arbeitskollegen ihres Vaters. Sara kannte sie nicht. Sie kannte nur die Krankenschwester, eine Koreanerin, die Chang Mei hieß. Sie hatte Saras Mutter bis zum Schluss gepflegt.

Sara fand es unheimlich toll, dass sie zur Beerdigung gekommen war. Aus ihrer Klasse war nur Manou gekommen. Die anderen wussten vielleicht nicht einmal, dass ihre Mami nun tot war. Sara hatte eine Weile überlegt, ob sie ihren Lehrern eine Todesanzeige schicken sollte. Vielleicht begriffen sie dann, warum sie in der Schule so abgesackt war. Aber dann schickte sie nur eine an Herrn Jaenisch, den Mathelehrer. Er war der Einzige, den Sara wirklich mochte. In Mathe hatte sie eine Zwei. Ihre einzige Zwei.

Herr Jaenisch saß in der letzten Reihe, ganz in der Ecke. Einmal hatte Sara verstohlen zu ihm hingeschaut, während der Orgelmusik, die so dröhnte, dass ihr ganz schlecht davon wurde. Der Lehrer hatte mit gesenktem Kopf dagesessen, die Augen geschlossen, die Hände gefaltet auf der vorderen Lehne. Vollkommen konzentriert und in sich versunken. Beschämt hatte Sara den Kopf schnell wieder abgewandt.

Ihr Vater atmete schwer. Er saß neben ihr, und der Schweiß hinterließ dunkle Ränder auf seinem weißen Hemdkragen. Saras Vater schwitzte immer, wenn er sich aufregte. Er kämpfte mit den Tränen. Er wusste, wenn nur eine einzige Träne es schaffte, würde er sich nicht länger zusammennehmen können.

Auf dem Sarg lag ein Gebinde aus roten Rosen. Das sah schön aus. Sara wusste gar nicht, ob ihre

Mutter Rosen gern gehabt hatte. Sie hatte jedenfalls Vergissmeinnicht ausgesucht.

„Ich will, dass Mami mich nicht vergisst, egal wo sie ist", hatte Sara gesagt. Ihr Vater hatte sie nur in den Arm genommen.

„Wenn Mami nicht an mich denkt und nicht auf mich aufpasst", hatte Sara geflüstert, „dann weiß ich nicht …"

„Was?", hatte ihr Vater gefragt. „Was weißt du dann nicht?"

„Wie es weitergehen soll", hatte Sara geantwortet.

Der Pastor redete. Ein endloser Strom von Worten, gleichmäßig und ruhig. Sara verstand nichts. Der Pastor erzählte von der Kindheit ihrer Mutter, von der vielen Arbeit, die sie hatte, den schweren Schicksalsschlägen, und dann von der Liebe zu ihrem Franz. Nun schluchzte ihr Vater auf und presste das Taschentuch vors Gesicht. Er habe Briefe gelesen, die sie ihrem Mann aus dem Krankenhaus geschrieben habe, wie eine Art Tagebuch. Sie seien eine einzige Liebeserklärung, sagte der Pastor, eine Liebeserklärung an den Mann, mit dem sie fünfzehn Jahre lang verheiratet gewesen war. So etwas sei nicht selbstverständlich in dieser Zeit.

Sara schaute ihren Vater verstohlen an. Sie hatte nicht gewusst, dass ihre Mami Briefe aus dem Krankenhaus geschrieben hatte. Sie jedenfalls hatte keinen bekommen. Eine Sekunde spürte sie etwas wie Eifersucht. Aber dann war wieder nur die Trauer da, nur dieses Gefühl, dass der Magen sich über einer großen Leere zusammenzieht.

Die Orgel spielte wieder, und vier Männer kamen und hoben den Sarg, und dann ging ein Rascheln und Raunen durch die Kapelle. Ihr Vater nahm sie bei der Hand. Sie traten aus der Reihe auf den Gang hinaus und gingen hinter dem Sarg her. Die Träger waren unterschiedlich groß. Bei jedem Schritt schwankte der Sarg, und die Blütenköpfe der Rosen nickten vor und zurück, nach rechts und nach links.

Sara versuchte, nicht an ihre Mutter zu denken, die da in diesem Holzkasten lag. Ihr Vater hatte erzählt, dass er ein schönes Totenhemd für sie ausgesucht hatte. Aus weißem Batist. Und dass Mami so friedlich ausgesehen habe. Vorher hatte Sara auch nicht gewusst, dass die Leichen geschminkt werden. Aber vielleicht machten sie das nur mit den Toten aus dem Krankenhaus, die so lange solche starken Schmerzen hatten, die so viel hatten durchmachen müssen, dass man ihnen das ganze Elend ansah.

„Deine Mami hat richtig schön ausgesehen“, hatte ihr Vater gesagt. „Richtig entspannt, erleichtert, als wäre sie irgendwie froh, dass alles vorbei ist.“

Sie sah aus den Augenwinkeln, wie Herr Jaenisch aus seiner Reihe trat. Sie senkte den Kopf. Sie wollte sich konzentrieren auf das, was kam, aber ihre Gedanken verflogen immer wieder. Sie war froh, dass sie kein Kleid gekauft hatten. Als wenn es auf so etwas Äußerliches ankäme. Das Letzte, was Sara zu ihrer Mutter gesagt hatte, drei Tage, bevor sie starb (danach war sie schon nicht mehr bei Bewusstsein), war gewesen: „Später möchte ich so werden wie du, Mami."

Sara wusste gar nicht, warum sie das in dem Augenblick gesagt hatte, vorher war ihr der Gedanke nie gekommen. Aber in dem Moment wusste sie, dass es stimmte. Ihre Mutter war immer so munter gewesen, so lebendig, voller Unternehmungsgeist. Sie konnte lachen und Blödsinn machen. Ganz anders als ihr Vater, der entweder schwieg oder knurrte. Als er noch die Firma hatte, kam er immer erst ganz spät nach Hause. War immer erschöpft, immer müde und enttäuscht, weil es nicht so gut lief, wie er sich das wünschte.

Ihre Mutter hatte als Telefonistin bei einem Friseur gearbeitet, einem sehr schicken Friseur. Deshalb musste sie sich immer schminken und gut anziehen. Und manchmal konnte sie auch Geschichten erzählen, wenn irgendwelche Promis sich die Haare schneiden ließen. Der Friseur hieß Ingo, war blond und schwul. Saras Mutter mochte ihn. „Er ist begabt", hatte sie gesagt. Sie wollte, dass Ingo Saras Haare schnitt, aber Sara ließ sich die Haare von ihrer Mutter schneiden. Das sah zwar ein bisschen wie

Kraut und Rüben aus, aber gerade das gefiel Sara. Puschelkopf, nannte ihre Mutter das.

Wenn ihre Mami keinen Krebs bekommen hätte, hätten sie jetzt von dem Geld leben können, das sie bei Ingo verdient hatte. Dann wäre alles nicht so schlimm gewesen. Aber den Job hatte ihre Mutter schon vor einem Jahr aufgeben müssen, nach der ersten Chemotherapie. Da ging es schon nicht mehr, obwohl sie eine Weile gedacht hatte, sie würde es schaffen. Sara hatte das auch gedacht und ihr Vater auch.

Aber die Schmerzen waren wiedergekommen, und neue Tumore, und jede Chemotherapie war schlimmer als die vorherige. Und ihre Mutter wurde immer dünner, bis sie schließlich gar nichts mehr essen, einfach nicht mehr schlucken konnte. Von da an musste sie künstlich ernährt werden. Und trotzdem war ihr immer übel gewesen.

Hinter der Kapelle bogen die Männer mit dem Sarg links ab, wo die neuen Gräber waren. Rechts gab es alte, schattige Bäume, die die ersten grünen Spitzen hatten. Schöne Sträucher und schöne alte Grabsteine. Links war alles neu und karg. Frisch ausgehobene Gräber und andere, auf denen Berge von verwelkenden Kränzen lagen. Ein seltsamer Modergeruch ging von den Blumen aus. Sie gingen alle schweigend, man hörte nur das Schlurfen der Füße auf dem Kies.

Ihr Vater weinte jetzt doch. Er biss die Zähne zusammen und presste die Lider aufeinander, aber die Tränen liefen ihm einfach übers Gesicht. Er drückte Saras Hand so fest, dass es wehtat.

„Papi", flüsterte sie.

Aber er hörte nicht.

„Papi, sie bleibt doch trotzdem bei uns", flüsterte Sara. „Sie ist nicht ganz weg. Ich weiß das genau. Sei bitte nicht so traurig, Papi. Hör auf zu weinen, sonst halte ich das auch nicht durch."

Dann ließen sie den Sarg in die Erde hinab. Der Pastor sprach ein Gebet, und dann warf ihr Vater eine rote Rose hinab, nahm die kleine Schaufel und schüttete Erde in das Grab. Die Rosenblüten erzitterten unter dem Aufprall, es sah furchtbar aus. Sara hatte einen Kloß im Hals. Sie trat einen Schritt vor. Sie hielt ihren Strauß Vergissmeinnicht in der Hand, er war zusammengebunden mit einer weißen Satinschleife. „Ich hab dich lieb, Mami", wisperte sie. „Vergiss uns nicht." Dann warf sie den Strauß hinab.

Sie stand neben ihrem Vater und reichte jedem Menschen die Hand. Sie sagte kein Wort. Ihr Vater musste manchmal etwas sagen oder anhören, was die Leute zu ihm sprachen. Zu Sara sprachen sie kaum. Frau Reiner, eine Nachbarin, nahm sie in den Arm, streichelte über ihr Haar und flüsterte: „Armes Kind." Dann kam Herr Jaenisch. Sara hielt ihm kraftlos die Hand hin. Er nahm sie mit beiden Händen. Sie waren groß, warm und trocken. Er hielt sie so lange, bis Sara den Kopf hob und ihn anschaute. Der Lehrer hatte ein sanftes Gesicht.

„Wir denken heute alle an dich", sagte er freundlich, „die Lehrer, deine Mitschüler, alle. Es tut uns so Leid. Wir wissen, wie du dich fühlst."

Sara hätte sich am liebsten umgedreht und wäre einfach zwischen den Gräbern davongelaufen, aber das ging nicht. Sie musste hier neben ihrem Vater stehen bleiben und warten, bis er sich von dem letzten Trauergast verabschiedet hatte.

Plötzlich stand Manou neben ihr. „Das ist alles so schrecklich", flüsterte sie, „so furchtbar traurig. Ich bin völlig fertig."

Sara sagte nichts.

„Wie du das aushältst", flüsterte Manou.

„Man hält aus, was man aushalten muss", sagte Sara.

3

Das Jugendzentrum in der Theodor-Heise-Straße öffnete um zwei Uhr. Sara war immer schon da, wenn Otto, der Hausmeister, von innen den Türriegel aufschob und den Schlüssel umdrehte. Sie hockte dann auf der Steinmauer neben dem Fahrradständer, die Stöpsel im Ohr, und hörte Musik. Der kleine Rekorder war in ihrem Rucksack, den sie auf den Knien hielt.

Wenn die Sonne schien, setzte sie sich so, dass sie die Strahlen auf den geschlossenen Lidern spürte. Das tat gut. Das war wie ein Streicheln. Manchmal lächelte sie dann sogar.

Wenn die Tür aufging, packte sie ihre Sachen zusammen und schlurfte an Otto vorbei in den Flur. Der roch immer irgendwie eklig, nach Putzmitteln und schlecht gewaschenen Klamotten. Aber daran hatte Sara sich inzwischen gewöhnt. Genau wie an die Tatsache, dass das Klopapier immer gerade zu Ende war, wenn sie die Toilette benutzte. Das Waschbecken so verstopft, dass sie das Zeug aus dem Abflusssieb holen musste: Haare, Papiertücher, abgebrochene Augenbrauenstifte. Aber das machte nichts, zu Hause sah es nicht viel besser aus. Ihr

Vater tat nichts. Er saß im Wohnzimmer, las die Stellenangebote und telefonierte in gereiztem Ton mit dem Arbeitsamt, dem Sozialamt, dem Jugendamt, der Krankenkasse. Es ging immer noch um eine Krankenhausrechnung für ihre Mutter. Das war das Schlimmste, fand Sara, dass sie nicht mehr über die Mutter redeten, sondern nur noch über das Geld, das ihre Krankheit verschlungen hatte. Sara flüchtete stets aus dem Zimmer, wenn ihr Vater davon anfing. Die Beerdigung musste auch teurer geworden sein als vereinbart. Die Versicherung wollte nur die halben Kosten übernehmen. Das ganze Leben bestand nur noch aus einem Kampf um das Geld. Manchmal, wenn Sara wütend war, schrie sie ihren Vater an: „Geh doch endlich arbeiten! Fang doch einfach mal an!"

Aber ihr Vater brachte die Kraft nicht auf.

Irgendwann in den letzten zwei Wochen war Sara zu dem Schluss gekommen, dass es überall besser war als zu Hause. Sogar hier im Jugendzentrum in der Theodor-Heise-Straße.

Das Jugendzentrum war ein hässlicher Betonblock mit grünen Fensterrahmen und einem roten Vordach über dem Eingang. Die Stufen waren aus Beton, die Wände genauso, innen und außen. Graue Steinplatten auf dem Boden um das Haus, innen graubraunes Linoleum.

Die Stühle im Aufenthaltsraum waren vom Sperrmüll. Das Sofa hatte irgendein Idiot während einer Diskonacht aufgeschlitzt, deshalb lag jetzt eine alte, stinkende Wolldecke darüber. Früher war das Sofa das Schmuckstück der BAR gewesen. So nannten sie den Raum, in dem das Sofa stand, weil es gut klang und weil dort die Kästen mit Wasser, Limo und Cola aufbewahrt wurden. Daneben gab es eine kleine Küche für Tee oder Kaffee. Dort war auch ein großer Topf, in dem der jeweilige Sozialarbeiter etwas kochen konnte. Aber das taten sie nie. Sie kamen einmal am Nachmittag, sahen kurz nach, ob alles in Ordnung war, und verschwanden wieder, nachdem sie ein bisschen rumgemeckert und neue Pläne oder Termine an das schwarze Brett geheftet hatten.

Sara kannte nicht einmal ihre Nachnamen. Sie wusste nur, dass einer Udo, einer Victor und die Frau Inge hieß.

Sara hatte ihren Stammplatz im Tischtennisraum am Fenster. Da gab es einen kleinen Tisch, und an dem Tisch machte sie ihre Schularbeiten. Es störte sie nicht, wenn die anderen gleichzeitig Tischtennis spielten. Manchmal bekam sie den Ball an den Kopf, oder er sprang über ihre Bücher. Sie wartete immer darauf, dass sie jemand zum Spielen aufforderte. Aber nachdem sie alle mehrfach haushoch geschlagen hatte, fragte sie keiner mehr.

Jedenfalls stank es hier nicht so nach Zigarettenrauch wie in dem Aufenthaltsraum und in der BAR.

Die Sozialarbeiter hatten sehr wohl den Haschischgeruch bemerkt, aber wenn sie Stichproben machten, fanden sie nichts. Sara hätte sofort gewusst, wer wo was versteckte. Es war ganz leicht. Wenn Udo oder Inge oder Victor sie gefragt hätten, hätte sie es vielleicht sogar verraten. Aber niemand hatte sie gefragt. Die Sozialarbeiter kümmerten sich um ihre eigenen Probleme.

Sara breitete ihre Schulsachen auf dem Tisch aus. Zuerst Mathe. Das war immer schnell erledigt. In Mathe hatte sie immer noch eine Zwei. Die einzige Note, die sie ein bisschen rausriss. Deutsch war ganz schlecht. Herr Schröder hatte mehrfach versucht, mit ihr zu reden, aber Sara wollte nicht. Die Themen der Aufsätze fand sie idiotisch, und in Grammatik machte sie auf einmal Fehler, die ihr früher nicht passiert wären.

Sie schaute in ihrem Aufgabenheft nach, was sie für Mathe tun musste. Da ging die Tür auf. Otto, wie immer in einem blauen Overall, der über dem Bauch zu eng war, kam mit einer Leiter herein.

„Moin, Sara“, sagte er. „Da ist eine Glühbirne kaputt, an der Decke.“

„Moin, Otto.“

„Und?“, fragte Otto, als er die Klappleiter unter der Deckenlampe aufstellte. „Was macht die Kunst?“

„Geht so." Sara schlug das Mathebuch auf.

„Ich frag mich", sagte Otto, als er ächzend die Leiter hinaufstieg, „wieso immer diese Lampe kaputtgeht. Immer nur diese Birne."

„Weil sie darauf zielen", sagte Sara gleichmütig. „Mit Tischtennisbällen."

Otto starrte sie an. „Mit Tischtennisbällen?"

„Klar", sagte Sara, „das machen sie doch immer."

Sara schaute sich in dem Raum um. Das Linoleum hatte Löcher und aufgebogene Ränder. Die Fensterrahmen waren morsch, der Kitt herausgebröckelt. Zwei Glasscheiben hatten einen Sprung. Der Stuhl, auf dem sie saß, war der einzige, dessen Lehne nicht angebrochen war. Der Tisch war von oben bis unten mit Kuli- und Filzstiften beschmiert. Sara fragte sich, auf was es hier noch zu achten gab. Aber sie sagte nichts. Es ging sie nichts an. Solange man sie hier in Ruhe ließ, war es okay.

In ihrem Rucksack steckten eine Banane und der Rest der Schokolade, die sie bei ALDI geklaut hatte. Eine Mutprobe gegen sich selbst. Ihr war ganz schlecht dabei gewesen, deshalb konnte sie die Schokolade gar nicht richtig genießen. Sie hatte den Rest in die Tasche gestopft und zwei Tage lang nicht angerührt. Aber heute hatte sie Hunger. Heute würde sie die Schokolade zusammen mit der Banane essen. Ein Festmahl. Aber erst nach den Schularbeiten.

„Hast du ihn schon gesehen?", fragte Otto.

„Wen?“

„Na, den Neuen.“

„Was denn für einen Neuen?“ Sara schlug das Mathebuch zu. Es hatte keinen Sinn, sich auf Algebra zu konzentrieren, wenn Otto im Raum war. Otto wollte immer reden. Immerzu. Er hatte keine Frau, keine Kinder und keine Freunde. Wenn das Zentrum geschlossen war, saß er in seiner Einzimmerwohnung vor dem Fernseher. Otto gehörte zu den Leuten, die sich jeden Schrott anguckten.

„Der Sozialarbeiter. Er war gestern schon mal kurz da. Hat sich bloß vorgestellt. Ziemlich jung. Na ja, ich weiß nicht, ob er besser ist als die anderen. Ob er das hier in den Griff kriegt? Hier gibt es ja immer mehr Kriminelle in der Gegend. Immer mehr Drogen, Saufereien, Rechtsradikale. Na ja, ich sag dazu nichts. Ich sag nur: Vor der Wende hat es das nicht gegeben. Da haben hier die jungen Pioniere ihre Nachmittage abgehalten. Da war hier alles blitzblank, und die Kinder haben noch freundlich Guten Tag gesagt und die Flure gefegt, auch die Ecken. Heute wissen die ja nicht mal mehr, wo der Besen steht.“

„Neben der Kellertür“, sagte Sara, „da, wo auch der Putzeimer ist.“

Dann war es auf einmal ganz still. Sara hörte draußen die Spatzen im Hof. Otto hatte den Müll zusammengefegt. Aber besser sah es dort trotzdem nicht aus. Den Vögeln schien das nichts auszumachen. Sie zirpten und tschilpten herum. In richtiger Frühlingslaune.

Sara öffnete ihre Jacke und schob die Hand in den Nacken. Sie massierte ihren Hals. Das tat sie manchmal, das war ein angenehmes Gefühl.

Sie hatte gerade die erste Aufgabe gelöst, als sie Lärm im Flur hörte. Sie konnte die Stimmen von ein paar Jungen unterscheiden. Das waren Ivo, Manous Ex-Freund, und sein Kumpel Mohammed. Die beiden prügelten sich gern, aber das war nur Show. Richtig wie Boxer. Wenn sie alleine waren, waren sie ein Herz und eine Seele. Sie konnte auch Rudi hören. Rudi sang wieder laut und falsch irgendeinen Song aus dem Radio. Ivo. Das war eine andere Geschichte. Sara war in ihn verliebt gewesen, als er mit Manou gegangen war. Und eigentlich war sie das immer noch. Doch nachdem ihre Mutter krank geworden war, hatte sie all das beiseite geschoben. Wie konnte sie sich für Jungen interessieren, wenn ihre Mami gegen den Tod kämpfte? Zuerst war es ihr schwer gefallen, den Gedanken an Ivo zu verdrängen, aber bald hatte sie für etwas anderes als ihre Mutter sowieso keine Kraft mehr gehabt.

Otto brüllte herum wegen der Glühbirnen. Dabei spielten weder Ivo noch Mohammed viel Tischtennis. Das waren andere.

Sie stöpselte wieder die Musik ein und machte sich an die zweite Aufgabe.

Die war leicht, die dritte auch, aber die vierte kapierte sie irgendwie nicht. Sie kaute an dem Kuli herum, zerknüllte ein Blatt Papier nach dem anderen und schleuderte es wütend auf den Boden.

Jemand bückte sich, hob das Papier auf und legte es auf ihren Tisch. Aber Sara reagierte nicht, schleuderte das nächste herunter.

Sekunden später lag ein zweites Papierbällchen neben dem ersten. Dann das dritte. Bis es eine Reihe war.

Sara blickte auf. Da stand ein Typ mit braunen Locken und dunkelblauem T-Shirt und grinste.

„Hi."

„Hi." Sara beugte sich sofort wieder über ihre Schularbeiten.

Der Lockenkopf legte seine Hand auf ihr Buch. Er hatte Sommersprossen auf dem Handrücken. Und ganz saubere, schön rund gefeilte Fingernägel. Das fiel auf. Sara hob noch einmal den Kopf.

„Ich wollte mich bloß vorstellen", sagte der Typ. „Ich bin hier der Neue."

„Ah", sagte Sara, „verstehe." Sie war jetzt wirklich neugierig. Das war also der neue Sozialarbeiter, der alles anders machen würde. Wer weiß, vielleicht würde er sie als Erstes hier aus dem Tischtennisraum herausbefördern. Denn Schularbeiten sollte man eigentlich im so genannten Lesezimmer machen. Da, wo die Tische ramponiert waren und alle Stühle aus dem Leim gingen. Wo es nach abgestandenem Zigarettenqualm roch und gelangweilte Kids einen Höllenlärm veranstalteten. Da konnte sie keine Matheaufgaben lösen oder Vokabeln lernen.

„Ich hab gehört“, sagte der Typ, „dass du oft hier bist.“

„Ziemlich oft“, sagte Sara.

„Und hier immer deine Schularbeiten machst.“

Aha, dachte Sara, es fängt schon an. „Was dagegen?“, fragte sie patzig.

Der Lockenkopf lächelte. „Überhaupt nicht. Ich persönlich würde meine Schularbeiten zwar zu Hause machen …“

„Sie persönlich müssen bestimmt gar keine Schularbeiten mehr machen“, fiel Sara ihm ins Wort.

„Stimmt, ist vorbei, die Zeit. Lass mal sehen. Was ist das? Ah, Algebra.“ Er hob das Buch auf und blätterte darin herum.

Sara bekam einen roten Kopf. Das Buch war voll geschmiert mit allen möglichen Zeichnungen und Kritzeleien. Sie hatte auch ein paar Briefe darin versteckt. Briefe an Ivo, die sie nie abschicken würde. Sie hatte sie nur geschrieben, um sich in ein schönes Gefühl hineinzusteigern. Sie Ivo zu geben, würde sie sich nie trauen.

Sara riss ihm das Buch aus der Hand. „Ich brauche das. Drüben im Lesezimmer gibt es noch jede Menge Bücher, wenn Sie was lesen wollen."

Der Lockenkopf grinste. „Okay, ich fass deine Sachen nicht an, wenn es dich stört."

„Hab ich gesagt, dass es mich stört?", schnaubte Sara. Der Typ ging ihr auf die Nerven.

„Ich wollte mich bloß vorstellen." Er streckte die Hand aus und wartete, dass Sara ihm ihre Hand entgegenhielt. „Man nennt mich Hunter."

Hunter, dachte Sara verächtlich, wie bescheuert.

„Mein Künstlername", sagte Hunter. „Mein eigener ist so langweilig. Hunter ist englisch."

„Ach nee", brummte Sara.

„Du weißt, was das heißt?"

Sara zog die Augenbraue hoch. „Wir haben Englisch seit der fünften Klasse. Logisch weiß ich, was das heißt."

„Oh, na dann. Nice to meet you."

Hunter hatte die Hand immer noch ausgestreckt. Endlich schlug Sara ein. Aber sie blickte Hunter dabei nicht an. Zu viel Ehre wollte sie ihm auch nicht zuteil werden lassen.

„Und darf man auch erfahren, wie du heißt?"

„Sara."

„Klingt auch wie ein Künstlername. Klingt schön."

„Ist aber zufällig mein eigener. Künstlernamen finde ich bescheuert, wenn man keiner ist."

Hunter grinste. „Das hat gesessen. Und was kannst du noch, Sara, außer Englisch und Mathe?"

„Tischtennis", sagte Sara.

„Oh", Hunter zog überrascht die Augenbrauen hoch, „das trifft sich gut." Er warf einen Blick auf die Platte. „Die ist aber schief, oder? Hat nach hinten ein Gefälle."

„Nicht, wenn man Bierdeckel unterlegt." Sara deutete mit dem Kopf auf das Fensterbrett, wo die Bierdeckel gestapelt waren.

„Ah, so macht ihr das." Hunter bewegte sich von ihrem Tisch weg zum Fenster. Er trug helle Hosen und Mokassins, ohne Strümpfe. Sara musterte ihn neugierig, als er ihr den Rücken zudrehte. Er war nicht besonders groß, aber schlank. Man könnte sagen, er hatte eine gute Figur. Sportler. Sie schätzte ihn auf Ende zwanzig. Er nahm die Bierdeckel, drehte sich wieder zu ihr um. „Wie viele?"

„Zwei unter jeden Fuß", sagte Sara. Sie schaute zu, wie Hunter die Deckel unter den beiden Füßen fixierte. Dann nahm er einen Schläger vom Tisch und betrachtete ihn.

„Da fehlt ja der halbe Gummibelag", sagte er.

Sara zuckte mit den Schultern. „Beim anderen ist er lose. Aber hier gibt es keinen Klebstoff."

„Könnte man doch vielleicht besorgen, oder?"

Hunter hielt den Schläger prüfend in der Hand.

„Klar, könnte man", sagte Sara. „Tut aber keiner."

„Und wieso nicht?"
„Ich nehm mal an, weil es keinen interessiert. Die ballern mit den Schlägern sowieso nur in der Gegend herum. Hier spielt keiner richtig."
„Aber du spielst."
„Ich würde", sagte Sara.
„Wenn was?"
„Wenn ich jemanden hätte, der mit mir spielt."
„Okay", Hunter klatschte unternehmungslustig in die Hände, „jetzt hast du jemanden. Kann ich dich zu einer kleinen Partie überreden? Wo sind hier die Bälle?"
Sara schob ihre Schularbeiten zur Seite. Sie bückte sich und holte aus ihrem Rucksack eine kleine Schachtel, in der zwei gelbe Tischtennisbälle lagen.
Hunter grinste. „Ah, raffiniert."
„Waren die beiden Letzten", sagte Sara. „Ich hatte einfach keinen Bock darauf, dass die auch noch zerballert werden. Ich klaue sie nicht, ich bewahre sie nur auf."
„Hab ich gesagt, dass du sie klaust?" Hunter hob die Hand, und Sara warf ihm einen Ball zu. „Um die Angabe", sagte er.
Sara nickte. Sie hatte die schlechtere Seite erwischt, mit Gegenlicht. Sie stellte sich breitbeinig einen Meter von der Tischplatte entfernt auf. Den Kopf gesenkt, die Schultern nach vorn. Hunter

hatte den Ball in der einen, den Schläger in der anderen. Er strich seine Locken aus dem Gesicht.

„Ich hab lange nicht gespielt."

„Macht nichts", sagte Sara.

Dann machte Hunter die erste Angabe. Ein Schmetterball, der das Netz streifte und dann hinten die Kante, unhaltbar, scharf.

Saras Augen wurden groß. Aber sie sagte nichts. Hunter lächelte entschuldigend. „Netz, tut mir Leid. Jetzt kommt ein guter."

Und er setzte den Ball so kurz hinter das Netz auf, dass Sara fast über den Tisch fiel, aber ihn dennoch nicht bekam. Ihr Kopf lief rot an.

Hunter lächelte. „Der war gemein, was? Entschuldige. 1:0. Dieser wird besser."

Der nächste war angeschnitten, und Sara kam sich vor wie ein Tölpel, als sie den Ball um zehn Zentimeter verfehlte.

Hunter lachte. „Ich weiß gar nicht, was los ist. Sonst kommen meine Angaben nie."

„2:0", sagte Sara mit starrem Gesicht. Sie konzentrierte sich, noch einen Punkt wollte sie ihm nicht schenken. Sie trat noch einen Schritt zurück. Hunter servierte, und wieder bekam sie den Ball nicht.

„3:0", sagte Hunter. „Oh Mann."

Den nächsten Ball konnte Sara wenigstens zurückgeben, aber Hunter schnitt an, und es stand 4:0, bevor Sara überhaupt begriff, was da ablief.

Und dann 5:0. Endlich hatte sie Angabe. Sie ließ den Ball in der Handfläche hin- und herrollen. Wippte in den Knien, bückte sich, spielte das Netz an. Sie servierte, und Hunter schlug ihn zurück, scharf, ein Schmetterball, unhaltbar.

„Scheiße", sagte Sara.

„Am Anfang muss man sich immer erst einspielen", meinte Hunter versöhnlich. „Geht mir genauso."

„Ich denke, Sie haben lange nicht gespielt."

„Stimmt, sieben Jahre oder so."

Oh Mist, dachte Sara, dann ist er wirklich gut. Und ich dachte, hier gibt es keinen, der mich besiegt.

Sie machte die zweite Angabe, bekam den Ball gut auf den Schläger, und endlich stand es 6:1, dann 6:2, dann 7:2, und als Hunter wieder Angabe hatte, waren sie bei 7:3.

Sara begann, das Spiel zu genießen. Hunter spielte fantastisch. Er schnippelte fast jeden Ball und schmetterte gleichzeitig. Er spielte von rechts nach links, seine Vorhand war besser als die Rückhand. Also spielte sie nur seine Rückhand an, wobei sie mal den Ball ganz trocken direkt hinter dem Netz auftropfen ließ. Hunter warf sich auf die Platte, aber erwischte ihn nicht.

„Guter Ball", sagte er anerkennend.

Der erste Satz endete 21:13 für Hunter.

Es war das erste Mal, dass Sara einen Satz abgeben musste. Im Jugendzentrum gab es sonst keinen mehr, der mit ihr spielen wollte, weil sie immer alle schlug. Hunter war ihr erster ernst zu nehmender Gegner.

Nach dem Seitenwechsel gab Sara wieder ihr Bestes. Doch am Ende stand es 21:16 für Hunter.

Er legte den Schläger auf die Tischplatte und gab Sara die Hand. „Hat Spaß gemacht."

Sara lächelte. „Sie sind der Erste von den Sozialarbeitern, der mit mir gespielt hat", sagte sie. „Wollen wir noch einmal?"

Aber Hunter schaute auf die Uhr, schüttelte den Kopf und sagte: „Geht nicht, die bezahlen mich dafür, dass ich ein bisschen nach dem Rechten sehe. Und du musst Schularbeiten machen. Aber man sieht sich ja wieder." Er winkte und ging zur Tür.

„Wann?", fragte Sara. „Wann sieht man sich wieder?"

Aber das hörte er nicht mehr.

4

Als Sara am Abend nach Hause kam, hörte sie Stimmen. Männerstimmen, die diesmal nicht aus dem Fernseher kamen.

Sie hängte ihre Jacke an die Garderobe und öffnete die Wohnzimmertür. Da saß ihr Vater mit hochrotem Gesicht am Esstisch, und mit ihm drei Männer, die Sara noch nie gesehen hatte. Auf dem Tisch standen mehrere Bierflaschen und ein voller Aschenbecher. Der ganze Raum war voller Qualm.

Sara murmelte nur einen Gruß und stürzte zur Balkontür, um sie zu öffnen.

„Willst du uns umbringen, Mädel?“, rief ihr Vater. „Draußen ist es eiskalt.“

„Lieber erfrieren als vergiften. Das ist ja ein Qualm hier, unglaublich.“

Ihr Vater lächelte. Er hatte Spielkarten in der Hand und eine Zigarette im Mundwinkel. Sein Oberhemd war weit aufgeknöpft. Darüber trug er die bunten Hosenträger, die Sara ihm mal zum Geburtstag geschenkt hatte. Auch die anderen Männer hatten ihre Hemden aufgekrempelt. Einer hatte im rasierten Nacken eine kleine Tätowierung.

„Ich spiele Pik!“ Ihr Vater wedelte mit den Karten in Saras Richtung. „Mach die Tür wieder zu, Mädel, und lass uns spielen, ja?“

„Bin schon weg.“ Sara durchquerte das Zimmer.

„Alles klar so weit?“, fragte ihr Vater. Das fragte er sonst nie. Sonst lag er immer auf dem Sofa und starrte gegen die Zimmerdecke, wenn sie aus dem Jugendzentrum kam. Vollkommen apathisch, sagte höchstens „Hallo“, wenn sie auftauchte.

Meist hatte er noch nicht mal das Frühstücksgeschirr abgespült oder die Wäsche aus der Waschmaschine genommen.

„Wir haben einen Skatklub gegründet“, sagte ihr Vater. „Das sind alles nette Kollegen, die ich auf dem Arbeitsamt kennen gelernt habe. Wenn es mit dem Job nicht klappt, dann steigen wir halt als Profis ins Skatgeschäft ein.“ Er lachte. Er schien sich ausnahmsweise einmal richtig wohl zu fühlen.

„Spielt deine Tochter auch Skat?“, fragte einer mit Hawaiihemd und rotem Schnurrbart.

„Quatsch, Frauen und Skat“, sagte der Dritte.

Sara war gespannt, was ihr Vater darauf sagen würde. Sie hatten in der Zeit, als ihre Mutter krank gewesen war, oft abends zusammen Karten gespielt. Alle möglichen Spiele. Sara hatte Rommee gelernt, Doppelkopf und Skat. Sie spielte zwar noch nicht sehr gut, aber sie kannte die Regeln.

„Die Kleine halten wir da raus“, sagte ihr Vater. „Die soll sich um die Schule und den Haushalt kümmern, da hat sie genug zu tun. Holst du uns noch ein paar Bier aus dem Kühlschrank, Mädel?“

„Das musst du schon selber machen. Ich geh schlafen.“ Sara knallte die Tür zu.

Sie war wütend, als sie sich im Bad auszog und für die Nacht fertig machte. Für nichts hatten sie Geld, nicht einmal für den Atlas, den Sara so dringend brauchte. Oder die zwanzig Mark Beteiligung für den Schulausflug. War alles gestrichen. Aber ihr Vater konnte losziehen und zwei Kästen Bier kaufen. Zwei Kästen! Und jede Menge Nüsse und Salzzeug. Sara hatte auch manchmal Appetit auf so etwas, aber sie riss sich immer zusammen. Sie dachte an die Tafel Schokolade, die sie geklaut hatte. Nächstes Mal kaufe ich sie vom Haushaltsgeld, dann kann Papi sehen, wo er bleibt, dachte sie grimmig.

Als sie im Bett lag, wurden die Stimmen aus dem Wohnzimmer immer lauter. Manchmal lachte ihr Vater, oder einer fluchte, und dann hieb jemand mit der Faust auf den Tisch, dass die Vasen in der Flurvitrine klirrten.

Sara fiel ein, dass ihr Vater am nächsten Tag einen Aushilfsjob an der Baustelle Danziger Straße anfangen wollte.

Sie stand noch einmal auf, schlüpfte in sein Schlafzimmer und stellte den Wecker auf fünf Uhr. Er musste um sechs Uhr bei der Arbeit sein.

Als sie mitten in der Nacht aufwachte, war es vollkommen still. Offenbar war der Skatabend beendet, und ihr Vater lag im Bett. Erleichtert schlief Sara wieder ein.

Am nächsten Morgen, als Sara sich gerade in der Küche ihr Frühstück machte, hörte sie plötzlich das Rauschen der Toilettenspülung Dann begann jemand zu pfeifen.

Erschrocken hielt sie inne, die Milchtüte in der Hand, und lauschte.

Sie ging in den Flur. Nichts.

Sie ging bis zum Bad und legte den Kopf an die Tür. Sie hörte ein Prusten und Röcheln.

Die Tür zum Schlafzimmer ihres Vaters war nur angelehnt. Sara stieß sie vorsichtig weiter auf. Ihr Vater lag im Bett und schnarchte seelenruhig.

Es war zehn Minuten nach sieben. Schon vor einer Stunde hätte er auf der Baustelle sein müssen.

Sara stürmte zum Bett und kniff ihren Vater in den großen Zeh. Er fuhr zusammen, verschluckte sich fast und bekam einen Hustenanfall.

„Papi, du hast verschlafen!“, rief Sara.

Der Vater richtete sich auf und schob die Haare aus dem Gesicht.

„Wie? Was ist denn los?“

„Du hast verschlafen, Papi. Es ist nach sieben! Um sechs solltest du in der Danziger Straße sein!“

Ihr Vater starrte sie aus blutunterlaufenen Augen an. Die hatte er immer, wenn er abends zu viel Bier getrunken hatte. Das kam in letzter Zeit häufiger vor. Dann blickte er zur Seite, auf den Wecker. Er fuhr sich mit der Hand über die Stirn und stöhnte auf. „Oh Mann, so ein Mist!“

„Hast du den Wecker denn nicht gehört?“, schrie Sara. Sie war jetzt richtig wütend. „Ich hab ihn extra gestellt.“

Ihr Vater knurrte und schloss die Augen vor Kopfschmerzen. Eine tiefe Falte bildete sich auf seiner Stirn.

„Kann schon sein, dass er geklingelt hat. Ich war so müde. Ich hab ihm wohl einfach eins an den Latz gegeben und weitergeschlafen."

Sara hörte, wie die Badezimmertür aufging. Ihr Vater hörte es auch.

„Ist von den Typen jemand hier geblieben?", fragte Sara.

„Keine Ahnung", murmelte ihr Vater. „Ich weiß es wirklich nicht, Mädel."

„Haben die etwa alle hier geschlafen?"

„Weiß nicht, kann sein. Mir war nicht so gut. Vielleicht hab ich ihnen gesagt, dass sie hier schlafen können. Die hauen auch wieder ab."

„Papi, das ist echt das Letzte. Du weißt doch am allerbesten, wie sehr wir das Geld brauchen! Aber wenn du jetzt auch noch glaubst, dass ich das Chaos im Wohnzimmer beseitige, hast du dich geschnitten."

Sie ging zum Fenster und riss es auf. Sofort dröhnte der Straßenlärm herauf.

Ihr Vater stöhnte. „Bitte, mach das Fenster zu."

„Ich geh heute nach der Schule gleich ins Jugendzentrum", sagte Sara. „Und wenn ich abends nach Hause komme, dann erwarte ich erstens, dass die Typen weg sind, und zweitens, dass die Wohnung anständig aussieht. Außerdem brauche ich Haushaltsgeld."

Ihr Vater rutschte langsam wieder unter die Bettdecke. Er zog die Füße an und rollte die Decke darüber. Er drehte den Kopf zur Seite und schloss die Augen.

„Hast du mich verstanden?", schrie Sara. Sie war so wütend, dass sie am liebsten auf die Bettdecke geschlagen hätte.

„Ja, ja, ich hab verstanden. Sieh zu, dass du nicht zu spät zur Schule kommst. Alles andere mach ich schon, keine Angst. Hat doch immer alles geklappt."

„Und weißt du auch, warum?", rief Sara. „Weil ich, verdammt noch mal, immer alles organisiere. Seit Mami nicht mehr da ist. Und weil ich ihr versprochen hab, dass ich mich um alles kümmere. Aber das mach ich nicht, wenn hier so was einreißt. Verstehst du mich? Ich pack das nicht!" Sie trat einen Schritt näher an das Bett heran.

Ihr Vater sah sie nur wortlos an.

Sara seufzte. „Okay, ich hau ab. Bitte, Papi, schmeiß die Leute raus."

„Mach dir keine Sorgen, Mädel, ich hab alles im Griff. Nachher hol ich Geld von der Bank. Kein Problem."

Ihr Vater sah wieder weg. Sara glaubte ihm kein Wort. Wenn er log, blickte er immer zur Seite. Das hatte Sara von ihm geerbt. Ihre Mutter hatte immer sofort gewusst, wenn Sara mit irgendwelchen Ausreden kam. „Schau mich an“, hatte sie dann immer gesagt, und wenn Sara es nicht fertig brachte, wusste sie Bescheid.

In dem Moment fiel die Wohnungstür ins Schloss. Wer immer hier übernachtet hatte, war wohl nun wieder weg.

Sara griff sich ihren Rucksack, nahm die letzten zehn Mark aus der Teedose, stopfte sie in die Hosentasche und ging.

Im Hausflur kam ihr die Nachbarin entgegen, Frau Reimer, die auch auf der Beerdigung gewesen war. Ihre Mutter und Frau Reimer hatten sich gut verstanden. Frau Reimer arbeitete bei Schlecker.

„Na, Sara, bei euch war ja gestern Abend richtig was los“, sagte sie fröhlich.

Sara hob nur die Schultern.

„Hat dein Vater immer noch keine Arbeit, Schätzchen?“, fragte Frau Reimer in die Stille hinein.

Sara schüttelte den Kopf.

„Will er nicht oder findet er nicht?“

„Ach“, sagte Sara, „ich weiß es nicht. Ich glaub, er will schon, aber ihm fehlt wohl die Kraft.“

„Ja, ja.“ Frau Reimer legte den Arm zärtlich um Sara. „Die Männer wissen immer erst, was sie an ihren Frauen haben, wenn die nicht mehr da sind. Die alte Geschichte. Wenn du dich langweilst, komm doch mal zu mir rauf. Ich bin viel allein und würde mich über Gesellschaft freuen."

Frau Reimer war wirklich nett. Sie hatte auch eine schöne Wohnung, viel schöner eingerichtet als ihre. Und einen Fernseher mit einem riesengroßen Bildschirm. Und ein ganzes Regal voller Videofilme.

„Irgendwann bestimmt mal", sagte Sara. „Aber im Moment will ich Papi lieber nicht allein lassen."

„Gut, dass er dich hat", sagte Frau Reimer gerührt. „Ich weiß, dass deine Mami ganz stolz auf dich wäre."

Aber jetzt ist sie tot, und ich bin allein, dachte Sara. Und rannte die Treppe herunter.

Draußen regnete es.

5

Der Deutschlehrer, Herr Schröder, betrat den Klassenraum, räusperte sich zweimal und stellte sich an sein Pult. Er wartete, bis der Tumult in der Klasse nachgelassen hatte. Herr Schröder sprach immer erst, wenn es vollkommen ruhig war. Die Schüler wussten das. Sie hätten es ausnutzen und immer weiter Blödsinn machen können, aber merkwürdigerweise kam bei dem Deutschlehrer niemand auf diese Idee.

„Guten Morgen“, sagte Herr Schröder.

„Morgen!“, kam es im dumpfen Chor zurück.

Herr Schröder lächelte, öffnete seine Mappe und holte den Stapel Klassenarbeiten heraus.

„Ich hab ganz schön viel Arbeit damit gehabt. Aber ich dachte, ich kann euch nicht zu lange auf die Folter spannen. Wer will sie verteilen?“

Niemand meldete sich.

Der Deutschlehrer trat an den ersten Tisch.

„Omar, mach du das, bitte.“

Sara schaute verstohlen auf die Uhr. Es waren erst höchstens fünf Minuten vergangen. Und die kamen ihr schon wie eine Ewigkeit vor. Sicher hatte sie die Arbeit verhauen. Sie versuchte, nicht daran zu denken, sondern an irgendetwas Schönes. Aber es fiel ihr nichts ein. Außer dem Tischtennisspiel gestern. Das hat Spaß gemacht, dachte sie. Hunter, komischer Name. Ein Jäger. Aber der Erste seit langem, der sich für sie interessiert hatte.

Wann er wohl das nächste Mal auftauchen würde?

Sara überlegte, ob sie von ihren zehn Mark neue Tischtennisbälle kaufen sollte. Schläger waren teurer, die konnte sie sich nicht leisten. Bälle schon.

„Wie es nicht gemeint war“, sagte Herr Schröder, der neben Saras Tisch stehen geblieben war, „das hat Sara uns gezeigt mit ihrer Arbeit.“

Sara zuckte zusammen. Sie bekam sofort einen roten Kopf. „Also echt verhauen?“, flüsterte sie.

„Na ja, du hast ganz einfach das Thema verfehlt. Außerdem war dein Aufsatz viel zu kurz, zwei Seiten. Die anderen haben viel mehr geschrieben."

„Sie sagen doch immer, in der Kürze liegt die Würze."

„Aber dann muss es auch gewürzt sein."

Omar legte die Arbeit vor Sara hin. Sara wagte nicht, die Zensur anzusehen.

„Es tut mir Leid, Sara", sagte der Deutschlehrer, „aber das drückt deinen Notendurchschnitt noch mal richtig ein Stück nach unten. Ich musste dir eine Sechs geben. Nicht nur dafür, dass du das Thema verfehlt hast, sondern auch für die Luschigkeit, das Desinteresse, die schludrige Art deines Schreibens. Es kommt mir vor, als wenn du in diesem Leben noch kein Buch gelesen hättest."

Ein paar in der Klasse lachten. Ihr Dumpfbacken, dachte Sara grimmig. Sie hatte früher viel gelesen, als ihre Mutter noch gesund war und sich immer um den Haushalt kümmerte. Als alles noch irgendwie normal war. Da hatte sie sich oft Bücher aus der Stadtbibliothek ausgeliehen. Aber jetzt kam sie einfach nicht mehr dazu, außerdem musste man neuerdings Benutzergebühr bezahlen. In dem Moment fielen ihr wieder die Bierkästen in der Küche ein. Bin mal gespannt, dachte sie, ob Papi wirklich Geld von der Bank bekommt. Sein Konto war lange gesperrt.

Sara nahm die Arbeit, stopfte sie in ihren Rucksack und stand auf. „Darf ich gehen?“, fragte sie.

Der Deutschlehrer schaute sie an. „Wieso? Geht es dir nicht gut?“

„Ich hab Bauchschmerzen“, log Sara.

Herr Schröder nickte verständnisvoll. „Klar, aber komm wieder, wenn's dir besser geht.“

Sara nickte. „Ich leg mich unten ein bisschen ins Krankenzimmer. Vielleicht wird es ja besser.“

„Okay, dann sieh dir die Arbeit einmal an. Wenn du willst: Ich habe danach eine Freistunde. Da können wir gerne reden.“

Sara hob nur die Schultern. Das war das Letzte, wozu sie Lust hatte.

Im Krankenzimmer war es hell und kühl. Die Sonne schien herein, und man konnte von der Liege auf einen Apfelbaum schauen, dessen Blüten gerade aufgeplatzt waren. Rosa Blüten. Sara lag auf dem Rücken, die Hände über dem Bauch zusammengefaltet, und starrte in den blühenden Baum. Sie sah, wie der Wind durch die Äste fuhr, die zarten Blütenblätter sich zitternd lösten und zu Boden flatterten. Regentropfen hingen an den Zweigen und liefen den Stamm herunter. Es hatte gerade aufgehört zu regnen.

Sara überlegte: Ob Hunter wohl wieder ins Jugendzentrum kommt? Ob er Zeit hat für eine Revanche?

Sie konnte sich nicht erinnern, wann ein Erwachsener sich das letzte Mal so ausgiebig mit ihr beschäftigt hatte.

Sie überlegte, wo sie die Tischtennisbälle kaufen konnte. Wie groß das Risiko war, beim Klauen erwischt zu werden, im Sportgeschäft.

Wie konnte man unbemerkt einen Tischtennisschläger klauen? In den Rucksack stopfen? Viel zu umständlich und auffallend. Unter die Jacke? Unmöglich. Die war viel zu eng.

Wenn sie eine große Zeichenmappe hätte, könnte sie den Schläger heimlich in die Mappe schieben. So wie in dem Film *Diva,* da hatte diese chinesische Freundin immer Schallplatten geklaut, indem sie sie in eine Fotomappe schob. Sehr raffiniert. Aber so raffiniert bin ich nicht, dachte Sara. Mir sieht man das schon auf zehn Meter Entfernung an, wenn ich was Unrechtes tun will. Aber vielleicht ist das ganz gut so.

Also keine neuen Tischtennisschläger.

Sara schloss die Augen.

Er kommt sowieso nicht so schnell wieder, dachte sie.

Und wenn er kommt, hat er bestimmt keine Lust, noch mal mit mir zu spielen. So schlecht, wie ich war. Oder mit mir zu reden. Aber es wäre toll, einmal jemanden zum Reden zu haben. Einfach mal reden.

Manchmal hatte Sara das Gefühl, sie müsse an all den Dingen ersticken, die sie fühlte, die sie aber niemandem erzählen konnte. Hilfe war weit und breit nicht in Sicht.

6

Sara hatte gehofft, dass Otto, der Hausmeister des Jugendzentrums, dieses Mal vielleicht schon früher da wäre und sie reinlassen könnte. Wenigstens hinten in den verwilderten Garten. Sie hätte sich einfach auf die altersschwache Schaukel über der lehmigen Pfütze gesetzt und wäre mit geschlossenen Augen geschaukelt wie früher, als sie noch klein war. An Spielplätzen hatte sie immer nur die Schaukel interessiert. Der Sandkasten nie. Auch nicht die Wippe. Ein Junge hatte sie einmal heruntergeschubst, und sie hatte sich das Kinn aufgeschlagen. Seitdem hatte sie vor allen Turngeräten Angst, die man zu zweit oder zu dritt benutzen konnte. Auf einer Schaukel sitzt man allein, man kann selbst bestimmen, wie hoch man fliegen will. Dieses Kitzeln im Bauch war mit geschlossenen Augen besonders toll. Oder wenn die Sonne einem ins Gesicht schien und die Welt in allen Farben flimmerte. Ihr fiel wieder der Tag ein, als Ivo einmal neben ihr geschaukelt hatte. Das war das einzige Mal, wo sie ernsthaft miteinander geredet hatten, über alles Mögliche, ohne rumzualbern. Ivo war ein merkwürdiger Typ. Sara wurde aus ihm nicht schlau. Sie wusste immer noch nicht, warum es zwischen Manou und ihm aus war. Zuerst hatte es ausgesehen wie die große Liebe. Aber Manou wollte nicht drüber reden. Wie sie Manou beneidet hatte! Doch nachdem es zwischen ihr und Ivo aus war, hatte Manou ganz schön gelitten.

Otto war nirgendwo zu sehen, und das Tor zum Hof hatte ein Vorhängeschloss. Er war abgeschlossen, seit ein paar Rowdys einmal dort nachts eine Grillparty veranstaltet und die Gartenbänke verfeuert hatten.

Sara verstand nicht, wie Leute sich so betranken, dass sie sogar die Bänkc ins Feuer warfen, auf denen sie eigentlich sitzen wollten. Sie verstand eine ganze Menge nicht. Wieso es überhaupt Alkohol gab, zum Beispiel.

Sie machte es sich auf dem Mäuerchen bequem, aß die Schrippe, die sie sich beim Bäcker gekauft hatte, und dachte nach.

Die Zeit verging überhaupt nicht. Sie zählte die vorbeifahrenden Autos. Ihr fielen die Männer wieder ein, die ihr Vater eingeladen hatte. Was sollte sie machen, wenn die Männer abends immer noch da waren? Sie ekelte sich bei dem Gedanken, dass die ihr Badezimmer benutzten. Sie überlegte, ob sie ihren Vater zu Hause anrufen sollte. Aber was brachte das schon.

Dann musste sie an die Schule denken. An die Sechs in Deutsch. Und an Mathe. Das einzige Fach, in dem sie gut war.

Sara langweilte sich im Unterricht manchmal so, dass sie anfing, an den Nägeln zu kauen, dabei hatte sie es sich fast abgewöhnt. Es hatte eine Zeit gegeben, wo sie so lange an den kleinen Fleischstückchen um das Nagelbett genagt hatte, bis alles blutig war.

Das hatte begonnen, als ihre Mutter ins Krankenhaus kam. Die Nagelhaut war inzwischen längst verheilt. Und die Nägel schön lang. Sara feilte sie alle zwei Tage. Aber jetzt sahen sie schon wieder nicht mehr so schön aus. Die Deutscharbeit war daran schuld. Sie seufzte, zog den Rucksack zu sich heran und holte das Heft heraus. Die Arbeit war übersät mit Korrekturen. Alles mit rotem Filzstift geschrieben. Es sah erbärmlich aus. Als könnte sie keinen einzigen richtigen Satz formulieren. Als hätte sie bei jedem Diktat eine Sechs gehabt. Dabei war sie erst seit einem Jahr in der Schule schlechter geworden. Dramatisch schlecht eigentlich erst seit ein paar Monaten.

Sara las die Begründung des Lehrers: „Eine schludrige, lieblose Arbeit. Man merkt, dass dich das

Thema nicht interessiert. Warum hast du es dann ausgewählt? Mit ein bisschen Konzentration wäre dir selbst aufgefallen, dass du das Thema von der falschen Seite angegangen bist. Zusammen mit den Grammatik- und Ausdrucksfehlern ist das Ganze leider eine glatte Sechs. Nächstes Mal besser, bitte!"

Sara riss die Seite wütend aus dem Heft. Ha, ha, dachte sie, gib nächstes Mal doch ein besseres Thema. Etwas, das einen wirklich interessieren kann. Über Mütter, die einfach so wegsterben. Über Väter, die mit der Situation nicht fertig werden und sich total hängen lassen. Über Leute wie Hunter, die ein echtes Interesse gegenüber Jugendlichen haben.

Sie knüllte das Papier zusammen, glättete es aber sofort wieder auf den Knien. Dann riss sie auch die zweite und die dritte Seite aus dem Aufsatzheft. Sie kramte in ihrem Rucksack. In einer der vielen Seitentaschen fand sie außer Haarnadeln, Lippenstiftproben und einem Fahrradschlüssel, den sie endlos lange gesucht hatte, ein Streichholzmäppchen.

Sie ließ sich von der Mauer herabgleiten, stopfte die Blätter in die Jackentasche und schlenderte zu den Mülltonnen hinüber.

Sie riss ein Streichholz aus dem Mäppchen, zündete es an und hielt es an die erste Seite.

„Hey! Was machst du da? Was soll das?"

Sara drehte sich um. Das Streichholz verbrannte fast ihre Finger.

Ein alter roter Golf hielt am Bürgersteig. Hunter lehnte aus dem offenen Autofenster.

Sara wandte sich wieder um und hielt das Streichholz an das Papier. Es loderte sofort auf.

„Sara! Mensch, hör auf!"

Sie hörte, wie Hunter ausstieg und die Wagentür zuschlug. Sie hörte seine Schritte auf dem Schotterweg. Sie machte einfach weiter, ließ das Blatt vollkommen verbrennen, bis sich die schwarze Asche allmählich in kleine graue Staubteilchen auflöste. Sara schaute zu, wie sie in die Mülltonne fielen.

„Sag mal, bist du taub?", rief Hunter.

Sara nahm ungerührt die nächste Seite, riss ein Streichholz an und hielt das Blatt in die Flamme. Sie hielt es nur an einem winzigen Eckchen fest. Erst im letzten Augenblick, als die Flammen schon ihre Finger berührten, ließ sie los.

Da hielt Hunter ihren Arm fest. „Das sieht nach einer Klassenarbeit aus", sagte er. „So hat mein Lehrer meine Arbeiten auch immer voll geschmiert."

„So bestimmt nicht", sagte Sara. „Das macht nur mein Lehrer." Sie schüttelte seine Hand ab.

„Und warum tut er das?"

„Keine Ahnung. Weil er mich nicht leiden kann. Weil ich zu blöd bin. Was weiß ich."

„Was war das denn? Darf ich mal sehen?" Hunter wollte ihr das Heft abnehmen, aber Sara hielt es auf den Rücken.

„Oh“, sagte Hunter, „stehen da Geheimnisse drin?“
„Überhaupt nicht.“
„Und wieso darf ich es nicht wenigstens mal ansehen?“
„Weil ich keinen Bock darauf habe, dass fremde Leute meine Aufsätze durchlesen. Deshalb. Außerdem lohnt es sich nicht, sagt mein Lehrer. Und der muss es wissen.“

Hunter fragte sie, auf welche Schule sie gehe und in welche Klasse. Sara gab ihm widerstrebend Auskunft. Auf dem dritten Blatt stand die Beurteilung des Lehrers. Sara kannte sie auswendig. Satz für Satz wusste sie jetzt, was der Lehrer von ihr hielt.

„Was glaubst du“, fragte Hunter, der zuschaute, wie auch dieses Blatt sich in der Hitze krümmte und an den Rändern schwarz wurde. „Warum mag dein Lehrer dich nicht?“

„Weil er weiß, dass ich auf Schule keinen Bock hab, dass ich seinen Unterricht langweilig finde, dass ich sowieso meistens nicht zuhöre und keine Ahnung habe, worüber die eigentlich reden.“

„Klingt ja nicht gerade erheiternd“, sagte Hunter trocken.

„Ist mir egal, wie das klingt.“ Sara stopfte das Heft in ihren Rucksack zurück. „Otto ist nicht gekommen.“ Sie deutete auf die Eingangstür. „Sonst ist er um die Zeit immer schon da. Ich warte schon seit einer halben Stunde.“

„Er kommt heute nicht. Er ist krank. Aber ich kann aufschließen.“ Hunter zog ein Schlüsselbund aus der Tasche und wartete, bis Sara ihre Sachen zusammengepackt hatte. Dann ging er vor ihr die Treppe zum Eingang hoch. „Bist du immer die Erste?“

„Meistens.“

„Du gehst nach der Schule gar nicht nach Hause?“

Sara schüttelte den Kopf.

Hunter schloss auf, schaute sie an. „Und warum nicht?“

„Weil ich da sonst aufräumen müsste, und zum Aufräumen hab ich keine Lust. Außerdem wegen ein, zwei anderer Sachen.“

Hunter wartete, aber Sara sprach nicht weiter.

„Aha“, sagte Hunter, „verstehe.“

„Sie verstehen überhaupt nichts.“

Hunter lächelte. „Du bist heute nicht gut drauf, oder?“

„Ich hab für meinen Deutschaufsatz eine Sechs bekommen. Wahrscheinlich krieg ich im Zeugnis jetzt eine Fünf. Und ziemlich wahrscheinlich sogar bleib ich dann sitzen. Warum sollte ich gut drauf sein?“

Hunter stieß die Tür auf. Er ließ Sara den Vortritt. Sie schaute in den leeren Flur. Neben dem Waschbecken standen die Kisten mit leeren Limoflaschen, der Papierkorb war umgestülpt, der Abfall überall verstreut. Es roch nach kaltem Zigarettenrauch. Sara verzog das Gesicht. „Hier stinkt es.“

„Wie wäre es, wenn du ein Fenster aufmachst?"

Hunter zog seine Jacke aus und hängte sie an den Garderobenhaken.

„Warum ich?", fragte Sara mürrisch. „Ich hab den Dreck nicht gemacht. War hier gestern eine Party oder so was?"

„Möglich." Hunter stieß die Tür zum Aufenthaltsraum auf. Da sah es aus wie nach einem Bombenangriff. Das Sofa umgekippt, die Kissen auf dem Boden, auf Tellern zerdrückte Kippen. Und auf dem Fußboden eine schwarze Linie, die vom Fenster zu einer halb vollen Limoflasche führte.

Sara bückte sich. „Iii", sagte sie, „hier ist alles voller Ameisen."

„Dann mach sie weg", schlug Hunter vor.

„Ich?", maulte Sara. „Wieso ausgerechnet ich? Außerdem hab ich keine Ahnung, wie man Ameisen killt."

„Mit kochendem Wasser, zum Beispiel."

Sara schaute Hunter an. Der sammelte gerade die Aschenbecher ein und kippte den Inhalt in die Mülltonne neben der Küche.

Sara hob einen Stuhl auf, der am Boden lag, und setzte sich. Sie schaute zu, wie Hunter aufräumte. Er sprach dabei kein Wort.

„Warum machen Sie das?", fragte Sara.

„Weil es irgendjemand machen muss. Weil du keine Lust hast, und weil ich hier sonst niemanden sehe. Aber keine Angst, ich mach das nicht immer." Seine Stimme klang jetzt gereizt.

„Schade", sagte Sara.

Hunter schaute sie an. Sara grinste. Da lächelte Hunter auch.

„War nicht ernst gemeint, oder?"

„Doch", sagte Sara.

Sie ging zu ihrem Rucksack und holte die neuen Tischtennisbälle heraus.

„Ich hab was gekauft", sagte sie. „Nicht gerade die Besten, aber mein Taschengeld hat nicht für mehr gereicht."

„Was ist das?" Hunter kam auf sie zu.

„Vielleicht finden Sie das ja ganz doof", sagte Sara.

„Vielleicht aber auch nicht. Komm, zeig mal."

Sara streckte Hunter die Fäuste entgegen. „Gucken Sie doch nach."

Hunter löste behutsam die Finger. Als er die Tischtennisbälle sah, lächelte er. „Oh, das hätte ich mir fast denken können. Tischtennisbälle. Da werden sich die anderen freuen."

„Welche anderen?", fragte Sara irritiert.

„Na, alle hier im Zentrum, die gerne Tischtennis spielen. Mathias, Andre, Katja."

Sara nahm die Tischtennisbälle und stopfte sie wieder in ihren Rucksack.

„Hey", sagte Hunter, „was ist jetzt wieder los? Hab ich was Falsches gesagt?"

Sara schleuderte sich den Rucksack auf die Schulter. Sie sah Hunter direkt in die Augen.

„Hab ich gesagt, dass Sie was Falsches gesagt haben? Sie können doch machen, was Sie wollen. Sie sind doch hier der Boss."

Sie wollte an ihm vorbei, aber er hielt sie am Arm fest. „Komm, so nicht", sagte er sanft.

Sara blieb stehen, mit gesenktem Kopf.

„Das bringt doch nichts", sagte Hunter, „dieses Gemaule. Diese stummen Vorwürfe. Wenn du ein Problem hast mit mir, dann sag es. Ich würde es genauso machen, wenn ich mich über dich ärgere."

Sara schlug die Augen auf. „Ah, Sie haben ein Problem mit mir. Na, toll. Wir haben uns zwar gestern zum ersten Mal gesehen, aber schon haben Sie ein Problem mit mir. Das erinnert mich ziemlich heftig an das, was in der Schule abläuft. Offenbar mach ich es nie jemandem recht." Sie riss sich los.

„Mein Gott! Du willst wohl einfach alles falsch verstehen!" Hunter verdrehte die Augen. Gereizt fuhr er sich mit den Händen durch die Haare. „Dieses hier ist ein verdammt komplizierter Job. Ich weiß, dass ihr meint, euch gehört die Bude. Und dass man euch nichts einreden soll."

„Stimmt überhaupt nicht." Sara hob die Schultern. „Ich finde im Gegenteil, dass sich die Jugendbehörde viel zu wenig gekümmert hat, was hier so alles abgeht …"

„Eben“, sagte Hunter. „Das Zimmer hier ist der Beweis. Da kursieren nachgemachte Schlüssel, es gibt Verstecke für Drogen und Alkohol ... Glaubt ja nicht, dass wir blind sind.“

„Und was hat das alles mit mir zu tun?“, fragte Sara.

Hunter seufzte. „Wieso bist du so muffig? Können wir nicht ruhig miteinander reden?“

In dem Augenblick entstand im Flur ein Höllenlärm. Eine ganze Clique von Leuten drängte ins Jugendzentrum. Ein Ball knallte so gegen die Tür, dass sie erzitterte.

„Moment!“ Hunter sprintete los und riss sie auf. „Leute, das hier ist kein Bolzplatz!“, rief er.

„Nee, eine Bruchbude.“

Sara erkannte Ivos Stimme.

„Du musst ja nicht herkommen, wenn das hier nicht deinen Ansprüchen genügt.“ Das war wieder Hunter.

Sara stand mitten im Raum und überlegte, was sie machen sollte. Erwartete Hunter, dass sie stehen blieb und auf ihn wartete? Er wollte ihr offenbar noch irgendetwas sagen. Okay, dachte sie, wieso nicht.

Immerhin nahm Hunter sie ernst. Immerhin. Und er wollte was aus dem Jugendzentrum machen. So viel hatte sie herausgehört. Und das war doch eigentlich gut. Irgendwie schien er sehr in Ordnung zu sein.

Sara ging zur Wand, ließ sich hinunterrutschen und hockte sich auf die Fersen, die Hände um den Rucksack geschlungen, und wartete.

Plötzlich tauchte Ivo auf. „Hey, keine Schularbeiten heute?“ Er ließ sich neben ihr auf den Fußboden gleiten.

Sara wurde rot und schüttelte den Kopf.

„Wieso nicht? Das machst du doch immer als Erstes.“

„Heute nicht.“

„Mhm.“

Ivo beobachtete sie von der Seite. Komisch. Sie hätte nicht gedacht, dass er sie überhaupt hier wahrgenommen hatte.

„Ist was?“, fragte sie unsicher. Sie wusste nicht, ob Ivo wirklich mit ihr reden wollte.

„Nee.“

„Na dann.“

Sara stand auf, nahm ihren Rucksack.

„Bist du heute schlecht drauf, oder was?“, fragte Ivo.

„Weiß auch nicht.“

Sara schaute zur Tür.

„Na, dann verzieh ich mich wohl besser“, sagte Ivo und stand auf. Schade, dachte Sara.

Vom Flur drang ein Lärm wie aus einer Bahnhofshalle herüber. Alle redeten auf einmal. Sara versuchte Hunters Stimme herauszuhören. Sie war tief, weich und sanft irgendwie. Sie gefiel Sara. Sie passte zu seinem Gesicht, zu seinen Augen.

Plötzlich hörte Sara einen schrillen Mädchenschrei. „Hunter!!! Da bist du ja!!!"

Sara riss die Augen auf. Wer war das denn? Sie kannte die Stimme. Sie versuchte zu hören, was Hunter erwiderte. Aber seine Antwort ging im Lärm unter.

Dann wieder das Mädchen. „Und was war gestern? Hast du schon gesehen, was hier los war? Wir haben alle gedacht, du kommst. Sollte eine Begrüßungsparty für dich werden."

Ah, dachte Sara, Michelle. Michelle besuchte die letzte Klasse der Dürer-Schule. Sie war schon achtzehn, weil sie zweimal sitzen geblieben war. Sara konnte sie nicht so recht leiden. Michelle war ihr zu aufgetakelt und prollig.

Sara massierte ihr rechtes Bein, das eingeschlafen war in der unbequemen Hockstellung. Ein paar Jungen stürmten an der offenen Tür vorbei. Sie hörte das schrille, gackernde Lachen von Michelle. Und Hunters. Aber sein Lachen klang angenehm.

Als sie den Flur betrat, hatte Hunter beide Hände auf Michelles Schultern gelegt. Sara konnte ihre glitzernden Augen sehen. Sie himmelte Hunter an. Mann, lass dich bloß von der nicht einwickeln, dachte sie. Aber wahrscheinlich bist du doch wie alle anderen. Dir bin ich auch völlig egal.

elbst.Bewusst.Sein.
CIA
THE ART
SCHNEIDER BUCH
Viel Spaß beim Lesen.
http://www.schneiderbuch.de

Das Leben steckt voller Überraschungen. Und du stehst mittendrin.

Wer hat noch nicht davon geträumt, die Welt zu erobern, die erste große Liebe zu erleben und seine Zukunft fest in die eigenen Hände zu nehmen.
In unseren neuen Büchern zeigen viele starke Mädchen, wie sie Vorurteile, Unverständnis und Probleme meistern und ihr Leben, ihre Liebe und ihre Hoffnungen verwirklichen.
Da sind zum Beispiel die „Rap Roses", die sich ihren Weg zum Erfolg hart erkämpfen müssen. Oder Nella, die ein richtiges Doppelleben führen muss, um sich ihren größten Wunsch zu erfüllen. Und schließlich Kathrin, die ihren Traumboy kennen lernt und immer noch auf das große Gefühl wartet.
Tauche ein in die Welt dieser Heldinnen, die vieles mit dir gemeinsam haben, denn es sind alles starke Mädchen – wie du.
Deine Mädchen-Redaktion im Egmont Franz Schneider Verlag.

Christine Hieke
Girlgroup gesucht!
Rap Roses, Band 1

Musik machen ist toll, aber nicht gerade im Stadtjugendorchester. Deshalb gründen Karla und ihre Freundinnen einfach eine eigene Girlgroup. Endlich können sie nun rappen, was das Zeug hält. Und schon bald heißt es: Bühne frei für die „Rap Roses"!

160 Seiten, mit eigener Musik-CD,
DM 24,95/öS 182,-

Christine Hieke
Ein Song für Leo
Rap Roses, Band 2

Die Girlgroup „Rap Roses" ist inzwischen ein Geheimtipp geworden. Bei den Proben für den nächsten Auftritt stößt Leo zu der Gruppe. Leo kann zwar gut Saxofon spielen, aber irgendetwas stimmt nicht mit ihr. Als sie kurz vor dem Konzert nicht mehr zur Probe erscheint, beginnt eine verzweifelte Suche …

160 Seiten, mit eigener Musik-CD, DM 24,95/öS 182,-

Helen Hoffmann
Der erste große Auftritt
Rap Roses, Band 3

Die „Rap Roses" fiebern ihrem ersten großen Auftritt entgegen. Da schaltet sich ein dubioser Manager ein, der aus ihnen eine Tanzformation machen will. Die „Rap Roses" müssen sich entscheiden: entweder gute Musik oder eine perfekte Bühnenshow.

144 Seiten, mit eigener Musik-CD, DM 24,95/öS 182,-

Helen Hoffmann
Rosige Zeiten
Rap Roses, Band 4

Nichts als Ärger! Lilli hat Liebeskummer, Nurias Eltern streiten sich, und Leo kann sich keiner der Freundinnen anvertrauen. Kein Wunder, dass das nächste Konzert der „Rap Roses" total schief geht. Doch die fünf geben nicht auf und feiern schon bald ein rauschendes Fest …

160 Seiten, mit eigener Musik-CD, DM 24,95/öS 182,-

Tina Caspari
Nella, 16, Schauspielerin
Traumjobs

Schauspielerin werden – das ist Nellas größter Wunsch. Und mit Talent und Selbstvertrauen schafft sie die Aufnahmeprüfung an der Schauspielschule mit links. Doch ausgerechnet ihr Vater, ein berühmter Regisseur, spielt nicht mit. So muss Nella ein turbulentes Doppelleben führen …

160 Seiten,
DM 14,95/öS 109,-

Angela Schützler
Kim, 16, Sängerin
Traumjobs

Kim singt für ihr Leben gern. Als sie einen Talentwettbewerb in ihrer Lieblingsdisko gewinnt, verspricht ihr eine Schallplattenfirma eine traumhafte Karriere. Daraus wird zunächst nichts. Doch als Benny auftaucht, der Mädchenschwarm aus einer Boygroup, findet sie ihren Weg.

160 Seiten,
DM 14,95/öS 109,-

Ulrich Hoffmann
Iris, 15, Model
Traumjobs

Als Iris den FACE-Schönheitswettbewerb gewinnt, scheint ihr Traum in Erfüllung zu gehen. Doch bei den Foto-Shootings stiehlt ihr Fiona die Schau. Dann aber lernt sie Stefan, den netten Foto-Assistenten, kennen – und bald stimmt alles, vor und hinter der Kamera …

160 Seiten,
DM 14,95/öS 109,-

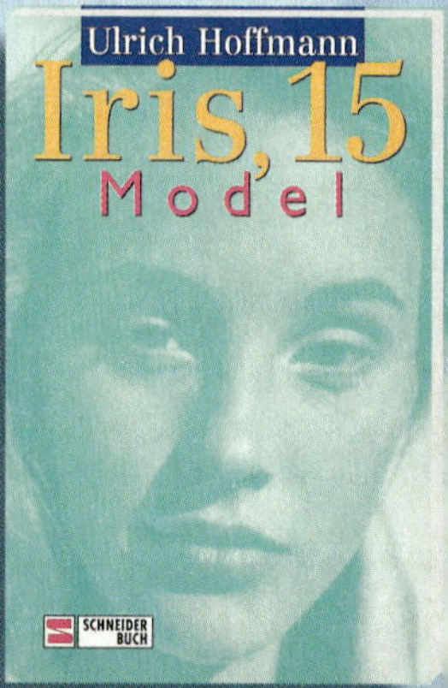

Brigitte Blobel
Lea will es wissen
Starke Mädchen, Band 1

Lea ist frustriert: Ihr Freund hat nie Zeit für sie und flirtet mit einer anderen – und ihre Eltern wollen nicht einsehen, dass sie schon lange kein Kind mehr ist.
Da hilft nur eins: Lea muss ihr Leben selbst in die Hand nehmen …

192 Seiten,
DM 16,95/öS 124,-

Brigitte Blobel
Sofies Geheimnis
Starke Mädchen, Band 4

Als Sofie herausfindet, dass ihr kleiner Bruder von Maik, dem Anführer einer Straßengang, erpresst wird, will sie den Kerl zur Rede stellen. Doch sie hat nicht mit Maiks Charme gerechnet …

224 Seiten,
DM 16,95/öS 124,-

Brigitte Blobel
Immer wieder Marie
Starke Mädchen, Band 5

Niemand will Marie glauben, dass ihr Lehrer sie nachts auf der Klassenfahrt geküsst hat. Marie ist wütend, sie bekommt nichts mehr auf die Reihe und macht Zoff im Unterricht.
Aber kurz bevor Marie von der Schule fliegt, bemüht sich Kilian um sie.

192 Seiten,
DM 16,95/öS 124,-

Brigitte Blobel
Heimlich verliebt

Janines Gedanken kreisen nur noch um Daniel. Aber als ihr klar wird, dass sie sich in ihn verliebt hat, erschrickt sie zutiefst. Denn Daniel ist mit Maja zusammen. Und Maja ist Janines beste Freundin …

160 Seiten,
DM 16,95/öS 124,-

Brigitte Blobel
Ohne dich kann ich nicht leben

Mona und Sebastian sind seit einem halben Jahr überglücklich verliebt und unzertrennlich. Aber als Sebastian von einer Klassenfahrt zurückkehrt, ist er irgendwie verändert. Mona spürt das. Es muss etwas passiert sein …

160 Seiten,
DM 16,95/öS 124,-

Brigitte Blobel
Einen Lehrer liebt man nicht

Julia ist verliebt. Das Problem ist nur: ihr großer Schwarm ist nicht irgendein Junge.
Stefan ist ihr Deutschlehrer …

160 Seiten,
DM 16,95/öS 124,-

Herbert Friedmann
Schmetterlinge im Bauch
Kuschelrock

Kathrin ist gerade 17 geworden, als sie Philipp kennen lernt. Er ist irgendwie ein totaler Spinner, doch sie fühlt sich trotzdem zu ihm hingezogen. Ist sie wirklich so cool, wie sie immer tut? Und wo bleibt das Schmetterlingsgefühl im Bauch?

192 Seiten,
DM 16,80/öS 123,-

Helen Hoffmann
Blind Date
Kuschelrock

Aus dem Blind-Date-Dinner mit Jens, das Kiara übers Kuschel Radio gewonnen hat, wird nichts. Kurz darauf verliebt Kiara sich in Jan, den sie zufällig kennen gelernt hat. Als sie die Blind-Date-Verabredung mit Jens wiederholen soll, erlebt Kiara eine Überraschung …

192 Seiten,
DM 16,80/öS 123,-

Herbert Friedmann
Die Nacht der Zärtlichkeit
Kuschelrock

Als Mona den süßen Diskjockey Benny im Feriendorf kennen lernt, ist sie hin und weg. Zwei Tage vor ihrer Abreise erlebt sie mit ihm die Nacht der Zärtlichkeit. Wieder zu Hause steht er eines Tages vor ihrer Tür. Aber das große Herzklopfen bleibt aus. Wird die Nacht der Zärtlichkeit einmalig bleiben?

192 Seiten,
DM 16,80/öS 123,-

Nina Schindler
Muskelkater

Seit ihre Freundinnen weggezogen sind, hat es Laura in der Schule schwer: Die anderen Mädchen grenzen sie aus und von den Jungs wird sie in Prügeleien verwickelt. Doch dann hilft ihr das Wing-Tsun-Training, ein neues Selbstbewusstsein zu entwickeln …

160 Seiten,
DM 16,95/öS 124,-

Ishbel Moore
Die Fremde im grünen Kleid

Das alte grüne Ballkleid, das die 17-jährige Dulina für einen Ball geliehen bekommt, weckt so manche Sehnsüchte in ihr. Dabei ahnt sie nicht, dass sich ihr größter Wunsch schon bald erfüllen könnte …

160 Seiten,
DM 16,95/öS 124,-

Gerda van Erkel
Nachtfalter

Die 13-jährige Lissie hat es nicht leicht. Ihre Mutter liegt im Krankenhaus und ihr Vater ist arbeitslos. Doch dann verliebt sie sich in den fröhlichen Dan, der lauter verrückte Einfälle hat, und plötzlich fühlt sich Lissie ganz stark.

160 Seiten,
DM 16,95/öS 124,-

SCHN
Viel Spaß beim
http://www.schneid

Missmutig schob sie sich an Hunter und Michelle vorbei. Die beiden nahmen keine Notiz von ihr.

Sara wartete darauf, dass er sie zurückrufen würde, schließlich hatten sie doch etwas zu bereden. Aber es kam nichts. An der Tür drehte sie sich noch einmal um. Hunter hatte Michelles Hand genommen und zog sie hinter sich her. Wütend stieß Sara die Glastür auf und rannte nach draußen.

Sie holte die Tischtennisbälle heraus und zerquetschte sie mit der bloßen Hand. Einer platzte und schnitt in ihre Haut. Als sie die Faust öffnete, war ihre Hand blutig. Sara warf die Bälle in die Mülltonne. Zu ihrem verbrannten Deutschaufsatz. Ein echt guter Tag heute, dachte sie grimmig. Wirklich, ganz toll.

7

Manche, deren Mutter oder Vater gestorben ist, gehen gern auf den Friedhof. Sie pflücken eine Blume und legen sie auf das Grab, zupfen ein bisschen am Unkraut und reden dabei. Reden mit dem Toten, der unter der Erde liegt, als wäre er noch am Leben. Als säßen sie wie früher am Küchentisch. Dann können sie sich alles von der Seele reden. Ihren Kummer, ihre Einsamkeit, ihre Verzweiflung. Aber auch über Dinge, die Freude gemacht haben. Sie können über die Liebe reden, das Glück. Über alles.

Und danach fühlen sie sich besser. Jedenfalls nicht so furchtbar allein.

Sie verlassen den Friedhof in dem Bewusstsein, dass es ein Wesen gibt, das auf sie aufpasst. An sie denkt. Auch wenn es kein Wesen aus Fleisch und Blut mehr ist, sondern nur noch eine Seele, ein Geist vielleicht.

Sara gehörte nicht zu diesen Menschen. Sie konnte es nicht über sich bringen, das Grab ihrer Mutter zu besuchen. Sie wusste, sie würde es nicht aushalten, sich ihre tote Mami in einem Sarg vorzustellen. Sie würde es einfach nicht schaffen, zu denken, dass sie jetzt eine Seele war. Etwas Unsichtbares oder Durchsichtiges wie die Luft, die Sara umgab. Das konnte sie sich nicht vorstellen. Das tröstete sie nicht.

Wenn sie vor dem Grab stünde, das wusste Sara, dann wäre sie nur verzweifelt, und ihr Magen würde wehtun von dem Schmerz, keine Mutter mehr zu haben.

Niemanden, der sie in den Arm nahm, der ihr die Haare wusch und die kalten Füße rieb, wenn sie frierend auf dem Sofa saß. Niemand, der ihr morgens eine heiße Schokolade auf den Küchentisch stellte. Und gebügelte T-Shirts in den Schrank legte.

Sara besuchte nie das Grab ihrer Mutter, weil sie

wusste, dass sie dann weinen würde. Und die Tränen nicht aufhörten. Das wusste sie genau.

Aber sie wollte nicht weinen. Sie wollte stark sein. Sie musste stark sein. Stark für sich und für ihren Vater.

Wenn der Bus an der Friedhofsmauer vorbeifuhr, schaute Sara nicht hin. Sie schloss die Augen und presste die Hände zwischen die Knie, damit sie aufhörten zu zittern.

Sie stromerte durch die Stadt. Der Regen hatte längst wieder aufgehört, aber alles war noch nass und glänzte.

Im Kaufhaus war es stickig und voll. Die Leute hatten einfach zu viel Geld und wollten es loswerden. Früher war Sara gern durch die Kaufhäuser gegangen, hatte Klamotten anprobiert und CDs gehört. Inzwischen machte ihr das keinen Spaß mehr. Sie hatte schon so viele Sachen anprobiert, von denen sie wusste, dass sie sie nie bekommen würde, und so viele CDs gehört, die ihr nie jemand schenken würde. Irgendwann machte das keinen Spaß mehr.

Sara wanderte durch die Bahnhofshalle. Hier sah man oft Typen, die einfach die Zeit totschlugen. Sara kannte die Dealer am Westeingang und die Gruppe von Albanern, die immer um das Fotogeschäft herumlungerte.

Am Döner-Stand war immer die beste Stimmung.

Der Döner schmeckte gut und war billig. Sogar die Cola war da billiger als irgendwo sonst in der Stadt. Sara zählte ihr Geld. Es reichte nicht mehr. Wenn sie die Tischtennisbälle nicht gekauft hätte, könnte sie sich jetzt einen Döner leisten. Oder ins Kino gehen. Irgendeinen Film angucken. Irgendetwas richtig Fetziges, darauf hatte sie jetzt Lust. Aber wenn man kein Geld hatte, ließen die einen nicht mal in den Gang. Trotzdem ging Sara zum nahe gelegenen Kino.

Das Gute an diesem Großkino war die Tatsache, dass man sich dort aufhalten konnte, auch wenn man gar nicht die Absicht hatte, eine Eintrittskarte zu kaufen. Die Sessel waren aus rotem Samt, und es gab Leute, die ihre halb leere Popcorntüte einfach auf einem der Sofas vergaßen und im Kino verschwanden. Jede Menge Zeitungen lagen herum und Prospekte der neuen Filme und Werbebroschüren, die jede Menge Preisausschreiben anboten.

Sara hatte eine Popcorntüte auf dem Schoß und beobachtete die Leute, die in den neuen Liebesfilm gingen. Viele Pärchen waren darunter, die Mädchen in ihrem Alter. Die Schlange vor dem Einlass wurde immer länger, Sara sah, wie manche sich küssten, wie ein Junge die Hand unter den Pulli seiner Freundin schob. Aus irgendeinem Grund musste sie plötzlich wieder an Hunter und an Michelle denken. Und dann fiel ihr Ivo ein. Vergiss es, sagte sie zu sich. Die interessieren sich alle einen Dreck für dich. Sie stellte die Popcorntüte wieder auf den Nebensitz und stand auf. Es hatte keinen Zweck, Leute zu beobachten, die in Liebesfilme gingen. Das machte einen nur noch einsamer.

Als sie das Kino-Foyer verließ, war es schon dunkel. Sara blickte erschrocken auf die Uhr. Nach acht! Sonst kam sie immer gegen sechs nach Hause, um für sich und ihren Vater das Abendbrot zu bereiten.

Sara rannte zur Bushaltestelle. Hoffentlich waren nicht wieder diese Männer da …

„Wo kommst du her?“

Ihr Vater stand am Herd. Er hatte sich eine Küchenschürze in den Gürtel gestopft und hantierte mit einer Schöpfkelle und einer Pfanne. Es roch nach angebrannten Zwiebeln und Speck. Schwarzer Rauch stieg auf.

Sara nahm ihrem Vater die Pfanne weg. „Siehst du nicht, dass das längst verbrennt?“, schrie sie. „Und wie das stinkt!“

„Das Einzige, was meine Tochter sagt, wenn sie nach Hause kommt, ist, dass es stinkt.“

Sara reagierte nicht. Sie stellte die Pfanne auf die Arbeitsplatte neben dem Herd und öffnete das Fenster.

„Und dann macht sie die Fenster auf, dass man eine Lungenentzündung bekommt“, sagte ihr Vater.

Sara wandte sich um. „Eher kriegt man eine Rauchvergiftung."

Sie zog ihre Jacke aus und warf sie auf den Stuhl. Dann zerrte sie das Halstuch ab. Sara trug zu T-Shirts immer welche. Sie hatte einen langen, schmalen Hals. Jemand hatte mal Schwanenhals dazu gesagt. Das war ja noch fast ein Kompliment gewesen. Bis einer in der Schule sie „Giraffe" gerufen hatte. Seitdem hatte Sara eine ganze Sammlung von Nickitüchern. In allen Farben, allen Mustern. Das Einzige, was ihr am Morgen beim Anziehen Spaß machte, war, das passende Nickituch auszuwählen. Aber jetzt war ihr heiß. Jetzt brauchte sie einfach Platz zum Atmen.

„Ich hab gefragt, wo du so lange gewesen bist."

Ihr Vater holte zwei Teller aus dem Schrank und knallte sie auf den Tisch. „Wenn du was mitessen willst, musst du es sagen. Ich hab genug Kartoffeln geschält. Das reicht für uns zwei."

„Sind deine Freunde denn heute gar nicht da?"

„Nein", knurrte ihr Vater, „die sind nicht da. Du hast mir ja unmissverständlich klargemacht, dass du sie hier nicht sehen willst. Du hast dich ja aufgeführt, schlimmer als deine Mutter, wenn ich mal ein bisschen zu viel getrunken hatte."

„Lass Mami da raus", flüsterte Sara. Sie war auf einmal furchtbar müde und traurig. Der Zwiebelgeruch brannte in der Nase.

„Ich lass sie schon raus, keine Angst. Aber das eine sag ich dir: Hier im Haus habe immer noch ich das Sagen. Und wenn ich Lust auf Besuch habe, dann kommt Besuch. Und wenn das irgendwann mal eine Frau sein sollte, dann ist das zunächst mal meine Sache, verstanden?"

Sara und ihr Vater blickten sich über den Tisch hinweg an.

Sara fragte sich, ob sie ihren Vater überhaupt noch lieb hatte. Sie konnte keine Antwort darauf finden.

Am Anfang hatte sie ein so gutes Verhältnis zu ihm gehabt. Sie hatten sich gegenseitig getröstet und Mut gemacht. Hatten sich geholfen. Da hatte ihr Vater auch versprochen, dass er sich um eine neue Arbeit kümmern würde und dass sie bald wieder genug Geld hätten.

Ihr Vater sah müde und blass aus. „Ich war auf dem Bau", sagte er. „Die haben mich den ganzen Tag Steine schleppen lassen. Von zehn bis sechs. Immer bloß Platten mit Blocksteinen. Ich hab dem Polier gesagt, Junge, für so eine Arbeit kannst du dir andere holen. Nicht Leute, die auf der Ingenieurschule waren."

„Und was hat der Polier darauf gesagt?"

Ihr Vater zuckte die Achseln. „Gar nichts. Oder doch: Dass ich gar nicht wiederkommen muss, hat er gesagt."

Sara lächelte. Auf einmal tat er ihr wieder Leid. Sie streckte die Hand aus und strich sanft über seine Finger. Sie waren rau wie Reibeisen. „Du musst deine Hände einfetten, sonst reißt die Haut", sagte Sara.

„Ach, mein Mädel." Ihr Vater legte die Gabel weg und lehnte sich zurück. Er hatte jetzt auf einmal ein ganz anderes Gesicht. Sanft, zärtlich, fast wie früher. „Warum läuft bei uns alles nur so schief?"

„Keine Ahnung", sagte Sara.

„Oder bin nur ich der Unglücksrabe?"

„Ich hab heute eine Sechs im Aufsatz zurückbekommen."

„Oh, du lieber Gott", rief ihr Vater erschrocken. „Und was bedeutet das?"

Sara hob die Schultern. „Im Augenblick nichts. Aber beim nächsten Zeugnis werde ich in Deutsch wohl eine Fünf haben."

„Und bleibst du dann sitzen?", fragte ihr Vater.

Sara zuckte mit den Achseln. Sie hatte keine Lust, darüber nachzudenken. Sie wollte nicht sitzen bleiben. Sie wollte so bald wie möglich mit der Schule fertig sein und eine Lehre anfangen. Arbeiten und Geld verdienen.

„Eine Sechs in Deutsch." Ihr Vater schüttelte bekümmert den Kopf. „Und das ausgerechnet heute."

„Wieso ‚ausgerechnet heute'?"

Ihr Vater zögerte. Dann stand er auf, ging in den

Flur, und Sara hörte, wie der Kleiderbügel klapperte. Als er zurückkam, legte er drei Hundertmarkscheine auf den Tisch. Sara starrte auf das Geld.

Ihr Vater setzte sich wieder und füllte sich den Teller aufs Neue. „Das schmeckt doch gar nicht schlecht“, sagte er, „gar nicht so angebrannt.“

Sara starrte nur auf die Geldscheine. „Was ist das für Geld?“

„Für dich“, sagte ihr Vater.

„Was? Das sind dreihundert Mark, Papi! Haushaltsgeld für den ganzen Monat?“

„Kein Haushaltsgeld. Das hat nichts mit Haushalt zu tun.“

„Aber womit dann?“

Ihr Vater stand wieder auf. Er ging ins Schlafzimmer. Sara hörte Schubladen und Schranktüren klappern. Dann tauchte er wieder auf, trat neben sie und legte etwas auf den Tisch. Es war ein Werbeprospekt. Auf dem Foto war ein Fahrrad abgebildet. Es kostete DM 299,–. Ein Sonderangebot eines Fahrradgeschäfts in der Kantstraße. Sara hatte ihrem Vater das Bild vor Wochen auf das Kopfkissen gelegt. Mit grünem Filzstift hatte sie geschrieben: „Papi, irgendwann wünsch ich mir so ein Rad.“

Ihr altes, das längst kaputt war und von dem sie den zweiten Schlüssel an diesem Nachmittag wieder gefunden hatte, rostete im Keller vor sich hin. Die

Gangschaltung funktionierte nicht, es hatte einen Platten, und der Lenker war vollkommen verbogen.

„Ich hab den Prospekt wieder gefunden, als ich heute was gesucht habe", sagte ihr Vater. „Ein Dokument für das Sozialamt."

Sara holte erschrocken Luft. „Das Sozialamt?"

Ihr Vater wirkte verlegen, er räusperte sich.

„Nichts Besonderes. Nur eine informelle Geschichte, wegen der Versicherungen. Die müssen ja weiterlaufen, auch wenn man arbeitslos ist. Mach dir darüber keine Gedanken, ja?"

„Ich mach mir aber Gedanken."

„Wir sind kein Sozialfall. Und wir werden keiner." Ihr Vater deutete auf das Geld. „Was meinst du, ob sie das Rad immer noch anbieten?"

Sara legte die drei Hunderter aufeinander, faltete sie und schob sie über den Tisch. „Ich weiß es nicht. Aber es ist auch egal. Ich brauche das Rad nicht."

„Das stimmt doch gar nicht. Du wünschst dir ein Fahrrad. Das weiß ich doch. Das andere kann man nicht mehr reparieren."

„Und wieso hast du es dann nicht auf den Sperrmüll gegeben?", fragte Sara.

„Vielleicht, weil ich sentimental bin." Ihr Vater lächelte und schob das Geld zu ihr zurück. „Nimm es. Einmal möchte dein Vater dir eine Freude machen. Dann darfst du nicht Nein sagen. Sonst macht er es vielleicht nie wieder."

Sara wurde rot. Es tat ihr auf einmal so Leid, dass sie ungerecht zu ihrem Vater gewesen war, ungeduldig und egoistisch. Sie hatte vergessen, wie einsam er sich fühlen musste ohne Mami. Sie hatte alles um sich herum vergessen. Immer nur an sich selbst gedacht.

Sie rannte um den Tisch herum und umarmte ihren Vater. Es störte sie nicht, dass er nach Bier roch und nach Schweiß. Früher, als ihre Mutter noch lebte, hatte er sich nach der Arbeit immer gewaschen. Das tat er nicht mehr.

„Danke, Papi", flüsterte sie, „du bist lieb."

„Hauptsache, du freust dich." Er schob sie etwas von sich weg und musterte ihr Gesicht. „Das tust du doch?"

Sara lächelte und nickte heftig. „Und wie!"

„Sieht eher aus, als wenn du gleich weinen würdest."

Sara zog die Luft durch die Nase hoch. „Nur, weil ich mich so freue."

„Gut." Ihr Vater deutete auf Saras Teller. „Dann hol deinem Vater ein Bier und schau nach, ob noch Schnaps da ist. Heute hab ich mir einen verdient. Und dann setz dich hin und iss dein Abendbrot."

Sara nahm die Bierflasche aus dem Kühlschrank.

„Schnaps ist keiner mehr da." Sie setzte sich.

„Bist du sicher?"

„Ja", log Sara, „ganz sicher."

8

Eine Woche war Sara nicht zum Jugendzentrum gefahren. Sie hatte nach einem langen Gespräch mit Herrn Schröder, ihrem Deutschlehrer, beschlossen, es noch einmal zu versuchen, sich in der Schule noch einmal richtig anzustrengen.

„Du kannst es doch, das weiß ich", hatte der Deutschlehrer gesagt. „Du musst dich nur konzentrieren und dir Mühe geben. Du hast viel Fantasie und denkst über eine Menge nach. Das möchte ich in deinen Aufsätzen auch mal lesen. Glaub nicht, dass mir nicht klar ist, wie schwer diese Zeit für dich ist. Aber das ist kein Freifahrschein für Schlamperei."

Und dann hatte er ihr eine Liste mit Büchern aufgeschrieben.

„Schau dir an, wie diese Schriftsteller es machen", hatte Herr Schröder geraten. Wie die eine Szene bauen, einen Gedanken weiterspinnen. Das ist die beste Schule. Eine Woche hatte Sara schon in der Bibliothek verbracht. Mit ihrem neuen Fahrrad musste sie dafür eine ganz schön weite Strecke fahren. Aber das war genau das, was sie jetzt brauchte.

Das neue Rad war toll.

Sara hatte von ihrem Taschengeld noch ein schweres Schloss gekauft. Nie vergaß sie, das Rad abzuschließen und anzuketten.

Jeden Abend wischte sie es mit einem Lappen sauber und trug es in die Wohnung hinauf. Ihr Vater hatte nichts dagegen, dass es im Flur stand. Sie war so stolz darauf.

Während dieser Woche hatte sie nicht an das Jugendzentrum gedacht. Nicht an Hunter. Und nicht an Ivo. Aber jetzt, als der Himmel auf einmal wieder blau war und es so richtig warm wurde, hatte Sara keine Lust mehr, sich in der Bibliothek zu verkriechen. Und dann begegnete ihr zufällig Michelle. Mitten in der Stadt, am Savigny-Platz, hockte sie auf einer Bank und schaute einer Gruppe von Hütchenspielern zu.

Sara hätte sie gar nicht bemerkt, wenn Michelle sie nicht gerufen hätte.

„Hey, Sara! Hast du ein neues Fahrrad? Lass mal sehen!“

Sara blieb stehen. Michelle sprang von der Bank und kam fröhlich auf sie zu, sie trug ein dünnes Sommerkleidchen und Bastschuhe, die mit Satinbändern über Kreuz geschnürt waren. Sara wünschte sich glühend solche Schuhe, wusste aber nicht, wie sie ihrem Vater das beibringen sollte. Ihr Vater arbeitete seit Montag auf einer Baustelle in Potsdam. Sie betete jeden Abend, dass er diesmal durchhalten würde, aber sicher war das nicht. Deshalb gab sie so wenig Geld wie möglich aus.

„Schönes Teil“, sagte Michelle, nachdem sie einmal das Fahrrad umrundet hatte. „Aber nicht besonders viele Gänge, oder?“

„Fünf, das genügt mir“, sagte Sara. „Ich wohn ja nicht in den Bergen. Und Schlammtouren will ich auch nicht machen oder Country-Cross und so einen Blödsinn. Ich bleib immer schön auf geteerten Straßen.“

„Gute Idee.“ Michelle schob die Haare aus dem Gesicht. „Warst du krank oder so was?“

„Nee, wieso?“

„Weil du dich im Jugendzentrum nicht mehr blicken lässt.“

„Sag bloß, mich hat jemand vermisst.“

„Ja. Und rate mal, wer.“

„Keine Ahnung. Ivo?“ Saras Herz schlug einen Augenblick schneller.

Michelle schüttelte den Kopf.

„Manou? Otto?“ Immer schüttelte Michelle den Kopf.

„Wer dann?“

„Dass du darauf nicht sofort kommst.“ Michelle legte den Kopf schief. „Und ich hab gewettet, dass du dich in ihn verknallt hast. Wie alle anderen.“

Sara wurde ungeduldig. „Erzähl doch endlich.“

„Na, wer schon außer unserem großen unwiderstehlichen Hunter? Der lässt keinen Tag verstreichen, ohne zu fragen: ‚Hat irgendjemand eine Ahnung, wieso Sara nicht mehr kommt? Ob sie krank ist? Oder wo sie wohnt?'"

Sara bekam einen roten Kopf. „Das hat er wirklich gefragt?"

„Ja, hat er. Die Stimmung im Jugendzentrum ist übrigens viel besser. Echt cool da jetzt. Hunter hat mal richtig durchgegriffen. So Typen wie Renzo und Eike haben Hausverbot."

Renzo und Eike hatten mit Drogen gedealt. Das hatten alle gewusst, auch die früheren Jugendarbeiter. Aber keiner hatte etwas gegen sie unternommen. Aus Feigheit, glaubte Sara, weil Renzo und Eike stark waren. Und Freunde im Hintergrund hatten, mit denen man sich besser nicht anlegte. Freunde, die geklaute Autos fuhren und abends vor den Diskotheken rumpöbelten und einen ziemlichen Ärger machen konnten.

„Und wieso", fragte Sara, „bist du heute nicht da, wenn es so klasse ist?"

Michelle verzog das Gesicht. „Heute räumen sie den Garten auf. Große Aktion. Darauf hab ich echt keinen Bock." Sie streckte ihre Hände aus. „Schau dir mal meine Fingernägel an."

Michelle hatte die Nägel kunstvoll lackiert, grüngold gestreift, mit schwarzen Marienkäferpünktchen. „Sieht scharf aus, oder? Glaubst du, ich hab

Lust, mit den Fingern im Dreck zu buddeln? Das sollen ruhig die anderen machen.“

Unter den Hütchenspielern gab es Zoff. Die Männer schubsten sich gegenseitig und schrien sich böse an.

Einer bückte sich, schnappte die Hütchen und verschwand. Die Männer hatten alle Päckchen mit Geldscheinen in der Hand. Eine Polizeistreife näherte sich. Schnell waren alle in der Menge untergetaucht.

Sara setzte sich aufs Fahrrad. „Ich muss los“, sagte sie.

„Wohin?“, fragte Michelle verwundert. „Willst du jetzt echt den anderen im Garten helfen?“

„Wenn sie nicht schon fertig sind, warum nicht?“

Sie ließ die verdutzte Michelle stehen und radelte davon. Sie nahm die Abkürzung über die Friedrichstraße und dann durch den Tiergarten. Das Wetter war schön. Der Wind streichelte ihr Gesicht, ihre Beine, ihre nackten Unterarme. Es gab also doch noch einen Menschen, der sich für sie interessierte. Der nach ihr fragte. Der merkte, wenn sie nicht da war.

Ein Hund, eine Art afghanischer Windhund, rannte eine Weile neben ihr her, und sein Fell wogte und wehte, und die Zunge hing ihm aus dem Hals.

Dann ertönte ein schriller Pfiff, und der Hund blieb stehen, als habe ihn ein Pfeil getroffen. Sara lachte. Sie fuhr noch ein bisschen schneller, raste bei Gelb über die Kreuzungen, nahm Abkürzungen durch Hinterhöfe und hatte zwanzig Minuten später das Jugendzentrum erreicht. Sie war völlig außer Atem. Hunters roter Golf parkte auf dem Bürgersteig.

Sara warf einen neugierigen Blick in das Auto. Nichts Besonderes zu entdecken. Ein Paket von der Reinigung, eine Tüte von *Spar*, ein paar Bücher. Sie schob das Rad bis zum Fahrradständer, kettete es an und steckte den Schlüssel ein. Sie betrat das Haus durch die Glastür. Der Flur war kühl und dämmrig, weil in den Zimmern die Rollos wegen der Sonne heruntergelassen worden waren.

Der Plastikeimer neben den Getränkekästen war zum ersten Mal geleert. Nirgendwo lag Müll herum, im Aufenthaltsraum standen zwei neue Sessel, wahrscheinlich secondhand gekauft, aber sie sahen aus wie neu. Keine Risse im Polster, keine angebrochenen Beine, keine schiefe Lehne.

Sara ließ die Hände über den Polsterstoff gleiten, als sie daran vorbei zum Fenster ging.

Sie ließ das Rollo hochschnappen, öffnete das Fenster und schaute in den Garten. Alle waren sie da. Ivo reparierte die Schaukel.

Das ist klasse, dachte Sara, dann kann ich mal wieder richtig schaukeln.

Sie dachte daran, wie sie ihre Kinderbücher

früher immer auf der Schaukel gelesen hatte. „Hanni und Nanni“ und „Die rote Zora“. Warum sollte sie jetzt nicht die Bücher, die sie für Deutsch brauchte, darauf lesen?

Sie hatten das Beet, das früher ein Müllplatz gewesen war, umgegraben und kleine Sträucher gepflanzt, mit grünen Spitzen und gelben Blüten.

Jemand hämmerte etwas an die Hauswand. Sara beugte sich heraus. Da stand Hunter und nagelte eine Dartscheibe an die Wand. Er hatte zwei Nägel im Mund und einen Hammer in der Hand.

Ivo stand jetzt neben ihm und redete auf ihn ein.

„Hallo!“ Sara lehnte sich noch weiter heraus. „Was macht ihr da?“

Beide schauten gleichzeitig hoch. Hunter und Ivo.

„Hey, Sara!“, lachte Ivo. Hunter nahm bedächtig die Nägel aus dem Mund.

„Oh“, sagte er, ohne sie aus den Augen zu lassen. „Seltener Besuch.“

Sara wurde rot. „Ich hatte zu tun. Braucht ihr Hilfe?“

„Wir brauchen immer Hilfe“, sagte Hunter jetzt etwas fröhlicher. „Komm runter, aber du musst durch den Keller gehen. Die anderen Türen sind abgeschlossen. Zur Sicherheit.“

„Wir lassen nämlich nicht mehr jeden rein“, rief Ivo. „Hier hat sich eine Menge verändert.“

„Okay, ich komme."

Sara rannte die Kellertreppe herunter und stieß die Stahltür nach außen auf.

Hunter hatte inzwischen die Dartscheibe angebracht und klappte den Werkzeugkasten wieder zu. Er wartete, bis Sara vor ihm stand. Dann streckte er die Hand aus.

„Ich hab dich vermisst", sagte er.

„Und noch ein paar andere", sagte Ivo.

Sara grinste verlegen. „Das ist bestimmt eine glatte Lüge."

„Nein. Ich zeig dir auch, warum."

Er nahm Saras Hand und führte sie um die Ecke. An der Wand lehnte eine neue Tischtennisplatte aus Kunststoff. Eine Platte, deren Beine man zusammenfalten und die Platte auf diese Weise an die Wand lehnen konnte. Mit einem Netz aus weißem Perlongarn, die Fläche dunkelgrün gestrichen, mit sauberen weißen Rändern. Eine richtig gute Platte.

„Wir wollen ein Turnier auf die Beine stellen", sagte Hunter. „Aber ich hab gesagt: Nicht ohne Sara. Wir brauchen einen Star."

„Viele waren dagegen", rief Ivo. „Haben gesagt: ‚Die gewinnt doch immer.' Und das stimmt ja auch."

„Ich hab schon gegen sie gewonnen", sagte Hunter.

„Hey, echt?" Ivos Blick ging zwischen Hunter und Sara hin und her. „Das will ich sehen."

Hunter grinste. „Erst die Arbeit."

„Ob ich Lust habe, fragt wohl keiner." Sara wollte niemandem zeigen, wie sehr sie sich freute.

Sara bekam den Auftrag, mit Katja zusammen die Dartpfeile zu reparieren, die mit abgebrochenen und verbogenen Pfeilspitzen in einer schmutzigen Kiste lagen.

„Alles verrottet und verkommen", seufzte Hunter. „Wieso hat sich hier keiner mal um irgendetwas gekümmert?"

„Weil es den anderen Sozialarbeitern immer egal war, wie es hier aussah", sagte Ivo. Sara spürte, dass er auch eine Menge von Hunter hielt.

Während sie arbeiteten, erzählte Katja, was sich alles geändert hatte. Es kam Sara vor, als sei sie ein halbes Jahr nicht da gewesen.

Katja lachte. „Wahnsinn, was Hunter in der einen Woche alles gerissen hat. Guck dir doch mal an, wie es jetzt aussieht und wie es früher war. Da kamen die Herren Sozialarbeiter, haben Kaffee getrunken, ein paar Mitteilungen ans schwarze Brett geheftet, und das war's. Hunter kümmert sich wirklich. Ich finde es klasse, dass er den Schlägern Hausverbot erteilt hat. Dadurch ist jetzt alles total easy und entspannt hier."

„Cool", sagte Sara, „klingt gut."

Aus den Augenwinkeln beobachtete sie Hunter. Wie er mit Ivo redete und wie Ivo lachte und Hunter auf die Schultern schlug. So was wäre mit den anderen Sozialarbeitern nie möglich gewesen.

Schließlich schlenderte Hunter zu ihnen rüber. „Wenn ihr damit fertig seid, könnten wir uns daran machen, die Tischtennisplatte aufzubauen. Wie ist deine Tagesform, Sara?"

„Ziehen Sie sich warm an", sagte Sara und blinzelte ihm übermütig zu.

„Es geht dir besser, was?", fragte Hunter.

Sara wurde rot. „Ein bisschen."

„Ich habe die Tischtennisbälle im Mülleimer gesehen", sagte Hunter. „Und das brachte mich auf den Gedanken, dass es dir echt ziemlich mies gegangen sein muss."

Sara hatte keine Lust, darüber zu reden. Schon gar nicht, wenn Ivo dabei war.

„Wie? Wühlst du etwa auch die Mülleimer durch?", fragte der ungläubig.

„Ja, und zwar nach Drogen", sagte Hunter. „Ich hatte den Verdacht, dass sich ein paar Leute hier spritzen. Und mein Verdacht war richtig. Deshalb werden uns Rezzo und Eike in Zukunft nicht mehr mit ihrer Anwesenheit beglücken. Ich will, dass dies ein sauberer, guter Treffpunkt für Kids wird. Kein Dealertreff. Das soll ein Anziehungspunkt für das ganze Viertel hier werden. Und zwar für alle Kids, aus allen Schichten. Nicht so ein Getto für Arme oder was weiß ich." Hunter rieb sich die Hände und schaute fröhlich in die Runde. „Und ich sag euch: Wir schaffen das. Alle gemeinsam." Er schlug in die Hände. „Hey, it's showtime! Champions League, Hunter gegen Sara. Einsatz eine Mark. Jeder bekommt einen Tippzettel. Wer das Endergebnis am besten vorhersagt, kriegt den ganzen Topf."

„Wow!", schrie Ivo begeistert. „Her mit dem Zettel."

Hunter grinste. „Und darf dafür den anderen eine Cola spendieren."

Ivo lachte. „Der führt immer neue Moden ein! Wie findest du das, Sara?"

Sara lächelte. Hunter war toll. Der brachte echt was in Bewegung. Hunter verschwand und kam sogleich mit zwei neuen Tischtennisschlägern zurück. Einer schwarz, einer rot.

„Such dir einen aus", sagte er.

Sara entschied sich für Schwarz.

Hunter lachte. „Das trifft sich gut, ich nehme immer Rot. Weißt du, warum?"

„Rot ist die Liebe", platzte Ivo dazwischen, bevor Sara antworten konnte.

„Genau", sagte Hunter. Der Blick, mit dem er Sara dabei ansah, verursachte bei ihr ein merkwürdiges Kribbeln. Spinn nicht rum, dachte sie bei sich. Hunter ist viel zu alt, um sich in so ein grünes Huhn wie dich zu vergucken. Konzentrier dich lieber auf das Spiel, damit du nicht wieder verlierst.

Sara spielte so gut wie nie. Ihr gelang jeder Schmetterball. Manchmal kam ihr auch das Glück zu Hilfe, und ein Ball, den sie schon im Netz sah, kullerte doch noch auf die Seite des Gegners.

Sie gewann den ersten Satz mühelos.

Ivo, der auf einer umgedrehten Colakiste das Spiel als Schiedsrichter verfolgte, gähnte übertrieben.

„Oh Mann“, stöhnte er, „wie langweilig. Ich dachte, da kommt endlich mal einer, der Sara besiegen kann.“

„Du hast doch bisher immer gegen sie verloren, oder nicht?“, grinste Hunter. „Das hast du wohl nicht verkraftet.“

„Genau“, sagte Sara, „dreimal, und dann hatte er keine Lust mehr, dabei ist er bei jedem Satz besser geworden.“

Sie wechselten die Seiten.

Aber Sara hatte sich zu früh gefreut. Hunter holte auf und servierte ein Ass nach dem anderen. Der zweite Satz ging 21:10 an ihn. Im dritten Satz wurde Sara wieder besser, doch dann fehlte ihr das letzte Quäntchen Glück.

Am Ende verlor sie 21:18. Doch es machte ihr nichts aus. Hunter war einfach besser gewesen. So sah es auch Ivo. Er pfiff durch die Zähne und sagte: „Wow, Sara, ich glaube, du hast deinen Meister gefunden.“

„Scheint so“, antwortete Sara lachend. Es tat ihr gut, einmal im Mittelpunkt des Interesses zu stehen.

„So, so, deinen Meister“, warf Hunter ein. „Na, dann will ich mal die Wetttipps auswerten, bin gleich wieder da“, fügte er hinzu und verschwand.

Nach einer Viertelstunde kam er wieder. Sein Gesicht war ernst. „Sara, dein Rad.“

„Was ist damit?“ Sara verstand nicht.

„Es scheint, dass jemand dein Vorderrad geklaut hat.“

„Was?“ Sara rannte zum Kellereingang, stieß die Türen auf, stolperte gegen einen alten Rasenmäher, hechtete die Treppe wieder hoch, durch den Flur, und stieß die Glastür auf.

Hunter und Ivo liefen hinter ihr her.

„Das ist doch dein Fahrrad, Sara, oder nicht?“, fragte Hunter.

Das Rad war immer noch angekettet, mit dem Rahmen. Aber es hing nur noch am Zaun. Das Vorderrad fehlte.

Im Zeitlupentempo kam Sara die Stufen herunter.

„Das war ganz neu, was?“, fragte Ivo.

Sara war leichenblass. Sie ging auf das Rad zu, fasste den Lenker an. „Ich hab es erst vor einer Woche gekauft“, flüsterte sie. „Das hat dreihundert Mark gekostet.“

„Oh Mann“, sagte Ivo mitfühlend, „das ist wirklich eine Scheiße.“

„Und keiner hat was gesehen“, sagte Hunter, „weil wir alle hinten im Hof waren.“

Sara ließ ihr Rad los, ging zur Treppe und ließ sich einfach auf die Stufen fallen, das Gesicht in den Händen vergraben.

Er setzte sich neben sie. „Nicht weinen“, sagte Hunter sanft.

„Ich kann weinen, so oft und so lange ich will“, schluchzte Sara verzweifelt.

„Klar“, Hunter nickte. „Bloß, es hilft nichts.“

„Doch“, murmelte Sara, „doch, manchmal hilft es.“

„Wir können jetzt zwei Dinge tun, wenn du aufhörst zu weinen“, sagte Hunter. „Entweder fahren wir gleich zur Polizei und melden den Diebstahl …“

„Ha, ha.“ Sara tippte sich an die Stirn. „Als wenn die sich aus so einer Sache was machen. Das ist ja nicht einmal ein ganzes Fahrrad, sondern bloß das Vorderrad.“

„Aber ohne das ist das Fahrrad kein Fahrrad mehr.“

„Und was wär das Zweite?“, fragte Sara.

Hunter deutete auf den roten Golf, der auf der anderen Straßenseite parkte. „Wir setzen uns ins Auto und fahren die Gegend ab. Der Teufel ist ein Eichhörnchen: Vielleicht entdecken wir was.“

Sara wischte sich die Tränen ab. „Hat das überhaupt einen Sinn?“

„Mehr, als hier sitzen und heulen." Hunter zog ein Papiertaschentuch aus dem Paket und reichte es ihr. „Es ist immer gut, wenn man einfach was macht. Dann fühlt man sich nicht so hilflos."

„Haben Sie denn überhaupt Zeit für so was?"

Hunter stand auf und zog Sara hoch. „Dafür immer", sagte er.

Und Sara dachte, als sie in sein Gesicht schaute: Er ist wirklich supernett. Der netteste Erwachsene, den ich kenne.

„Was guckst du so?", fragte Hunter.

Sara wurde rot. „Ich? Nichts. Ich guck manchmal so blöd."

„Unsinn", sagte Hunter sanft, „du guckst nie blöd." Er zog den Autoschlüssel aus der Hosentasche. „Wollen wir los?"

Sara nickte. Jetzt meldete sich Ivo zu Wort, der die ganze Zeit dabeigestanden hatte: „Kann ich mitkommen?", fragte er Hunter. Doch der wehrte ab: „Nein, guckt ihr lieber hier, ob ihr das Vorderrad irgendwo in den Büschen findet", und fasste Sara bei der Hand.

„Wieso sollte jemand das Rad hier in die Büsche werfen? Dann hätte er es gar nicht zu klauen brauchen."

Aber Sara und Hunter überquerten schon die Straße. „Dein Fahrrad packen wir nachher in mein Auto. Dann bring ich dich nach Hause", sagte Hunter. „Vielleicht zeigst du mir dann gleich mal, wie du wohnst.“ Er öffnete für Sara die Beifahrertür.

Sara blieb stehen. „Meine Wohnung? Wieso wollen Sie meine Wohnung sehen?“

„Weil ich Sozialarbeiter bin und mich für euch verantwortlich fühle.“ Hunter schob Sara ins Auto. „Und weil ich mir gerne ein Bild mache über das häusliche Umfeld der Kids, mit denen ich zu tun habe.“

„Und wenn das aber nicht geht?“

Hunter hatte auf dem Fahrersitz Platz genommen. Er schaute sie an. „Dann geht es nicht“, sagte er. „Schnallst du dich bitte an? Und dann erzählst du mir, warum es dir unangenehm ist, wenn ich deine Eltern kennen lerne und sehe, wie du lebst.“

„Meine Eltern können Sie gar nicht kennen lernen“, sagte Sara. „Höchstens meinen Vater. Und die Wohnung können Sie auch nicht ansehen, weil es da nämlich schlimm aussieht.“

Hunter lächelte. „Du müsstest mal meine Wohnung sehen.“

Sie fuhren die Theodor-Heise-Straße herunter und bogen in die Ehrmannstraße ein. Sie fuhren langsam, spähten nach rechts und links.

„Vielleicht waren es die beiden Typen, die sich vorhin beim Jugendzentrum herumgetrieben haben“, sagte Sara.

Hunter warf ihr einen Blick zu. „Die hab ich gesehen. Du meinst, die haben deinen Reifen geklaut? Glaub ich nicht. Ich hab ihnen gesagt, dass sie sich nicht wieder blicken lassen sollen. Ich kenn die. Klauen wie die Raben. Aber die fahren eine BMW. Solche Leute brauchen keine Vorderräder mehr. Wenn die klauen, klauen die ganz andere Dinge."

An der Kreuzung bog Hunter links in einen Fabrikhof ab und hielt vor einer Werkstatt, über der *Fahrrad-Reparaturen* stand. Er legte Sara die Hand aufs Knie. „Bleib sitzen, ja? Ich kenn die Typen ganz gut. Und die wiederum kennen auch viele Leute. Vielleicht wissen die was. Oder erfahren was."

Sara wartete im Auto. Sie verfolgte, wie Hunter mit zwei jungen Männern in weißen Monteuranzügen redete.

Einige Minuten später kehrte Hunter zum Wagen zurück, startete den Motor und fuhr rückwärts aus dem Hof heraus.

„Nichts?", fragte Sara.

„Nichts."

Hunter sah sie an.

„Also, wo wohnst du?"

Zögernd nannte ihm Sara ihre Adresse. Sie fand es ja gut, dass er wissen wollte, wie es ihr ging und wie sie lebte. Aber es war ihr auch peinlich, ihm ihr Zuhause zu zeigen. Komischerweise fiel ihr in diesem Augenblick ein, dass sie den Küchenboden seit Wochen nicht gewischt hatte.

„Wieso hast du gesagt, ich kann nur deinen Vater treffen?", fragte Hunter nach einer Weile. „Wo ist deine Mutter?"

Sara blickte aus dem Fenster. „Keine Ahnung."

Hunter warf ihr einen schnellen Blick zu. Er musste an einer Ampel halten. „Wieso keine Ahnung?"

Sara holte so tief Luft, dass es fast wehtat. „Weil ich nicht weiß, wo man hinkommt, wenn man tot ist", flüsterte sie.

Hunter schwieg. Stumm drückte er ihre Hand. Sara schloss die Augen. Die eine Träne, die sie nicht mehr zurückhalten konnte, war ganz heiß. Die Ampel sprang auf Grün.

9

Sara war seit langer Zeit mal wieder eine der Ersten morgens in der Klasse.

Sie saß schon an ihrem Platz, hatte Hefte und Bücher für die Biologiestunde ausgebreitet und büffelte noch einmal die englischen Verben. In der letzten Stunde hatte die Lehrerin einen Vokabeltest angekündigt. Die letzte Arbeit hatte Sara verhauen. Wie alle anderen auch. Aber jetzt hatte der Ehrgeiz sie gepackt. Sie wollte absolut verhindern, dass sie sitzen blieb.

Manou kam mit zwei Jungen im Schlepptau. Der eine war Urs, der andere Sascha. Manou liebte es, von zwei Jungen gleichzeitig angehimmelt zu werden. Doch sie behandelte sie meistens, als wären sie Luft.

Sie blieb vor Saras Tisch stehen. „Was ist denn mit dir los?"

Sara hob den Kopf. Sie blinzelte gegen das Licht. „Wieso? Was soll mit mir sein?"

„Ich weiß nicht." Manou schaute Sara argwöhnisch an. „Irgendetwas ist los. Du bist anders geworden."

„Quatsch. Ich bin wie immer."

„Stimmt nicht."

Sara und Manou hatten sich seit der Beerdigung nur noch selten getroffen. Zuerst hatte Manou immer wieder angerufen und ihre Hilfe angeboten. Aber Sara wollte nicht, dass Manou zu ihr kam und ihren Vater sah, wie er traurig und hilflos auf dem Sofa herumhing. Sie wollte nicht, dass überhaupt jemand sah, wie sie jetzt lebten, wo ihre Mutter nicht mehr da war.

Als ihre Mutter noch im Krankenhaus lag, hatte Sara die Wohnung immer in Schuss gehalten, wie sie das nannte.

„Wenn die Mami zurückkommt", hatte sie gesagt, „dann soll sie sich nicht gleich über irgendeine Unordnung aufregen." Zweimal in der Woche hatte sie die Waschmaschine angeworfen, jeden Abend nach dem Essen das Geschirr gespült, sie hatte sogar für ihren Vater die Hemden gebügelt. „Bei einem Vorstellungsgespräch muss man anständig aussehen", hatte ihre Mutter immer gemahnt. Sara hatte sogar darauf geachtet, dass immer eine Flasche Orangensaft im Kühlschrank stand. Wegen der Vitamine. „Passt auf, dass ihr nicht auch noch krank werdet", hatte die Mutter immer wieder gesagt, wenn Sara sie besuchte. „Koch etwas Gesundes, ja? Vitamine, Salate, Gemüse, so etwas müsst ihr essen." Und Sara hatte sich brav daran gehalten. Aber nach der Beerdigung war alles zusammengebrochen. Der Haushalt ein Chaos. Manchmal stand der prall gefüllte Müllsack drei Tage neben der Wohnungstür, bevor einer von beiden sich bequemte, ihn nach unten zu tragen. Oder die Kisten mit den leeren Einwegflaschen, die niemand in den Supermarkt zurückbrachte. Als sie noch ein Auto hatten, war das alles ein Klacks gewesen.

Manou hatte Sara zweimal zum Mittagessen mit nach Hause genommen. Aber Sara war nicht gerne bei Manou. Sie hatte einen Onkel, der immerzu versuchte, sie unter fadenscheinigen Vorwänden zu betatschen. Das war Sara so peinlich gewesen, dass sie kaum etwas essen konnte.

Als sie mit Manou darüber sprach, hatte die bloß die Achseln gezuckt. „So ist der immer."

„Und was machst du, wenn er dich so anfasst?"

Manou hatte gelacht. „Ich hau ihm auf die Finger."

Aber dazu fehlte Sara der Mut.

Ins Eiscafé konnten sie nicht mehr gehen, weil Sara kein Geld hatte. Früher hatte die Mutter ihr immer mal einen Zehner zugesteckt, aus der Brieftasche, die in ihrer Krankenhausnachttischschublade lag. Davon hatte Sara Manou hin und wieder ins *Cappuccino* eingeladen, zu einem Spezialeisbecher. Mit Eierlikör und Schokoraspeln. Aber jetzt war an solchen Luxus überhaupt nicht mehr zu denken.

Sara hatte sich in sich zurückgezogen. Aber sie merkte wohl, dass Manou jetzt immer öfter mit Helen zusammen war. Helen besuchte die Parallelklasse und wohnte im gleichen Häuserblock wie Manou. Früher hatten sie sich nie leiden können, aber jetzt wurden sie immer dickere Freundinnen.

Am Anfang hatte es Sara einen Stich gegeben, wenn die beiden sich in der Pause in die Arme fielen, aber mittlerweile war es ihr egal.

„Du hast dich verändert", stellte Manou noch einmal fest. „Zum Beispiel wäschst du dir neuerdings wieder die Haare." Sie fuhr Sara durchs Haar und schnupperte daran. „Und du hast ein anderes Shampoo. Das riecht gut. Wonach riecht das?"

„Keine Ahnung", erwiderte Sara verlegen.

„Und du läufst auch nicht mehr so schlampig

rum“, sagte Manou. „Fällt richtig auf, dass du wieder ein Mensch bist.“

Sara bekam einen roten Kopf. „Hab ich wirklich so schlimm ausgesehen?“

„Na ja, nach dem, was du durchgemacht hast, war das auch kein Wunder.“ Manou schob Saras Hefte und Bücher zur Seite und hockte sich auf die Tischkante. „Helen hat das auch gesagt.“

Schon wieder Helen. Seit einer Woche war es das erste Mal, dass Manou und sie miteinander sprachen, und gleich wurde Helen mit ins Spiel gebracht. Als wenn Sara interessierte, was Helen sagte.

„Helen sagt, du siehst in letzter Zeit richtig gut aus.“

„Ach ja?“ Sara hob ironisch die Augenbrauen. „Da bin ich aber stolz.“

„Nein, wirklich. Und überhaupt.“ Manou blätterte in dem Vokabelheft. „Hast du dir vorgenommen, eventuell doch die Versetzung zu schaffen?“

Sara nahm Manou das Heft weg und schob sie sanft von ihrem Tisch. „Ja“, sagte sie, „das hab ich mir vorgenommen, wenn ihr nichts dagegen habt, Helen und du.“

Sara konnte es selbst nicht genau erklären, warum die Welt auf einmal wieder heller war. Und bunter. Es ging ihr gut, wenn sie morgens aufwachte. Sie fühlte sich leicht, ihr Kopf war klar. Lange Zeit war sie immer mit Kopfschmerzen aufgewacht und einem unangenehmen Druck hinter den Augen. So, als säße da irgendetwas, das sie nicht loswurde. Alles war grau gewesen. Regen und Nebel hatten zu ihrer Stimmung gepasst, mit Sonne und bunten Kleidern hatte sie nichts anfangen können. Wenn die Schulkameraden im Unterricht herumalberten und die Mädchen ihre üblichen Lachkrämpfe bekamen, hatte sie nur dagesessen, mit versteinertem Gesicht. Das Einzige, was sie in dieser Zeit getröstet hatte, war Musik. Ihre Lieblingssongs, die sie immer wieder abspielte, stundenlang, und dabei versuchte, die Welt um sich herum zu vergessen.

Sara ahnte, dass es irgendwie mit Hunter zusammenhing. Hunter war der erste Mensch, der sie ernst nahm. Er hatte immer Zeit für sie, seit er sie nach Hause gebracht hatte und ihrem Vater die Sache mit dem Fahrraddiebstahl erzählt hatte.

Ihr Vater war ganz stumm gewesen. Dass Sara auf einmal einen jungen Mann vom Jugendamt mit in die Wohnung brachte, machte ihn verlegen. Er hatte sich das Hemd ordentlich in die Hose gesteckt, was er sonst nie machte. Er hatte Hunter ein Bier angeboten und Zigaretten. Hunter hatte ein Wasser getrunken, die Zigarette aber abgelehnt.

Sara hatte gemerkt, wie er sich in der Wohnung umschaute. Es war ihr peinlich gewesen, dass in der Küche seit langem nicht geputzt worden war. Der

Haufen schmutziger Klamotten in der Badezimmerecke. Der Wäscheständer in der Badewanne mit der Unterwäsche ihres Vaters.

Hunter hatte gefragt, ob er mal das Bad benutzen könnte.

„Na klar", hatte ihr Vater gesagt.

Und Sara hatte mit heißem Kopf an das Chaos gedacht. Ihre Haare im Waschbecken, die Zahncreme, die festgetrocknet war. Es störte sie schon, dass Hunter jetzt wusste, welche Seife und welche Creme sie benutzte. Und wie ihr Waschlappen aussah. All diese intimen Dinge sollte er nicht sehen. Er schon gar nicht.

Aber Hunter war mit undurchdringlicher Miene aus dem Bad gekommen, hatte sich wieder gesetzt und sich angehört, warum Saras Vater keinen Job fand.

Dann war er gegangen. Sara hatte ihn bis zur Wohnungstür gebracht. Hunter hatte gelächelt und sie sehr lange sehr fest umarmt.

„Kommst du morgen wieder ins Jugendzentrum?", hatte er gefragt.

„Ich weiß nicht."

„Ich würde mich freuen", hatte er darauf geantwortet. „Du hast noch eine Tischtennis-Revanche bei mir gut."

Verwirrt hatte Sara die Tür hinter ihm geschlossen.

„Merkwürdiger Kerl“, hatte ihr Vater gesagt, als Sara wieder zurückkam. „Wieso kommt der hier nach Hause? Was will er von dir?“

„Er dachte vielleicht, dass du wütend wirst, wenn du das mit dem Fahrrad hörst.“

„Klar werd ich wütend.“

„Vielleicht dachte er, du schlägst mich oder so.“

Ihr Vater schaute sie an. „Hab ich dich je geschlagen?“

Sara lächelte. „Nein.“

„Na also. Warum sollte er das denken?“

„Papi, Hunter kümmert sich um Kids, die aus kaputten Familien kommen. Um alle Kids, die im Jugendzentrum herumhängen.“

Ihr Vater schaute sie an. „Du meinst, um Kids wie dich“, sagte er. Als Sara nichts sagte, fragte er: „Kommst du denn aus einer kaputten Familie?“

Sara wusste nicht, was sie darauf erwidern sollte. Dann sagte sie: „Aus einer heilen Familie jedenfalls auch nicht.“

„Bloß, weil wir ohne Mami leben müssen?“

Sara seufzte, zappte mit der Fernbedienung auf den Musikkanal und stellte den Ton lauter. Das Gespräch begann unangenehm zu werden. „Nein, deshalb nicht. Dafür kann keiner was.“

Ihr Vater machte sich ein Bier auf.

„Warum dann?“

„Das weißt du doch ganz genau.“

Ihr Vater trank aus der Flasche, wischte mit dem Handrücken über die Lippen.

„Erzähl es mir“, sagte er.

„Weil du den ganzen Tag hier rumhängst, Bier trinkst und in die Glotze starrst. In einer richtigen Familie geht der Vater arbeiten.“

Ihr Vater starrte sie an. Sein Kinn zitterte.

„Schon mal etwas von der Arbeitslosigkeit in Deutschland gehört?“, fragte er heiser. „Guckst du dir nie Nachrichten an, Mädel? Weißt du nicht, dass wir fast vier Millionen Arbeitslose haben? Und eine sinkende Konjunktur im Baugewerbe?“

Sara schwieg.

Ihr Vater streckte die Hand aus und fasste ihren Arm. „Weißt du das, oder nicht?“

Sara knurrte und riss sich los.

„Ich will eine Antwort“, sagte ihr Vater.

„Okay!“

Sara warf die Fernbedienung auf den Tisch und stand auf. Sie wollte möglichst schon an der Tür sein, wenn sie ihm eine Antwort auf seine Frage gab. Sie wandte sich um und sah ihrem Vater gerade in die Augen.

„Ich weiß, dass wir viele Arbeitslose haben. Aber ich weiß auch, dass man sich wirklich bemühen muss, wenn man eine Arbeit sucht. Die Arbeit kommt nicht von allein. Man muss zu ihr hingehen.“

Wieder starrte ihr Vater sie an. Seine Augen waren ganz schmal. „Wer gibt denn solche Weisheiten von sich?“, brüllte er.

„Hunter“, erwiderte Sara ruhig.

„So was sagt der Kerl?“

„Ja. Und er hat Recht.“

„Na, toll.“ Ihr Vater ließ sich wieder in die Polster zurücksinken und hielt die Flasche an den Mund. „Da hast du ja einen wunderbaren Freund angeschleppt.“

„Genau.“

Sara knallte die Tür hinter sich zu.

10

Das Vorderrad war nicht wieder aufgetaucht. Sie hatte nachmittags stundenlang mit Hunter alle möglichen Plätze abgeklappert. War mit ihm zur Polizei gefahren und hatte einen Diebstahlbericht aufgesetzt. Sie waren auf den Flohmärkten gewesen.

Nichts.

„Das Rad“, sagte Hunter, „ist längst auf ein anderes Bike montiert, da geh ich jede Wette ein.“

„Wenn ich den Kerl erwische“, sagte Sara, „so etwas Fieses, jemandem, der nichts hat, auch noch was wegzunehmen.“

Hunter grinste. „Ein bisschen unlogisch, was?“

Sara starrte ihn an. „Was ist daran unlogisch?“

Sie kamen gerade vom Fundbüro. Hunter musste aus dem Jugendamt nur noch ein paar Akten holen, und Sara hatte im Auto gewartet. Sie hatte das Schiebedach geöffnet und ihr Gesicht in die Sonne gehalten, bis Hunter zurückgekommen war.

„Echt, was war daran unlogisch?“, wiederholte Sara.

Hunter lächelte. „Weißt du das nicht? Na ja, Mädchen können nicht logisch denken. Eine alte Weisheit.“

„Quatsch, das ist ein blöder Machospruch!“, schimpfte Sara. Aber sie musste auch lachen, denn sie wusste, dass Hunter nur so tat. Sie fand es herrlich, mit ihm zu „streiten“. „Es gibt aber tatsächlich immer wieder Typen, die sich für was Besseres halten.“

„Ach ja, wer zum Beispiel?“

„Ivo.“

„Wieso? Was ist mit ihm?“ Hunter wurde aufmerksam.

Sara grinste. „Ich hab ihn schon wieder zweimal beim Tischtennis geschlagen. Jetzt redet er nicht mehr mit mir. Hab ihn wohl in seiner Ehre gekränkt.“

„Ach, und ich dachte, er findet dich so toll.“

„Was“, rief Sara, „der mich toll finden? Das glaube ich nicht.“

„Nach den Blicken zu urteilen, die er dir hinterherwirft, bin ich mir da aber ziemlich sicher."

Sara schaute Hunter an. „Auf was Sie alles achten."

Hunter grinste. „Manche Dinge kann man eben nicht ignorieren."

Als sie aus dem Wagen stiegen, den Hunter vor dem Jugendzentrum geparkt hatte, sagte er so beiläufig wie möglich: „Ist dir eigentlich schon aufgefallen, dass du hier die Einzige bist, die Sie zu mir sagt?"

Natürlich war das Sara aufgefallen, aber sie hatte nun mal mit dem Sie angefangen und fand, man müsse dann auch dabei bleiben. Schließlich war Hunter für sie so eine Art Vorgesetzter, eine Autoritätsperson. Den konnte man nur duzen, wenn er das von sich aus anbot.

„Warum sagst du nicht einfach du wie die anderen?"

Sara schaute auf den Boden, ein bisschen verlegen.

„Hey, ich rede mit dir." Hunter stellte sich vor sie hin, legte die Hände auf ihre Schultern. „Schau mich an."

Sie hob den Kopf. Er lächelte. Sie mochte sein Lächeln. Seine Augen. Wie er redete. Sie hatte zu ihm mehr Vertrauen als zu irgendeinem anderen Menschen. Vielleicht sogar mehr als zu ihrem Vater.

„Ich weiß nicht“, flüsterte Sara.

„Eigentlich“, sagte Hunter, „ist das ja ganz nett, von einem Mädchen wie dir gesiezt zu werden. Da komm ich mir irgendwie wichtig vor.“

Sara grinste. „Na, dann ist es doch alles okay.“

„Nicht so ganz. Ich komm mir zwar wichtig vor, aber auch ziemlich alt. So, als wär ich dein Vater, dein Lehrer oder so was.“

„Sind Sie doch auch, irgendwie.“

„Wie alt schätzt du mich?“

Sara hob die Schultern. „Keine Ahnung. Dreißig?“

Hunter schnaubte. „So alt seh ich aus? Ich bin fünfundzwanzig.“

„Oh“, sagte Sara.

„Ich könnte also nie dein Vater sein. Mit Ach und Krach dein Lehrer. Nee, eigentlich auch nicht.“

Ein Pulk von Radfahrern kam auf sie zu. Die Speichen blitzten in der Sonne.

Die Jungen trugen alle Sonnenbrillen und kurze Hosen. Einer hatte eine Trillerpfeife im Mund und machte ohrenbetäubenden Krach. Die anderen betätigten ihre Fahrradklingeln und Mohammed die kleine Hupe an seinem Lenkrad. Hunters Hände lagen noch immer auf ihren Schultern.

„Platz da!“

Das war Ivo. Er fuhr direkt auf sie zu.

Sara und Hunter sprangen auseinander, und Ivo

preschte in die Lücke, bremste vor der Treppe und sprang ab, gleichzeitig das Rad in die Luft haltend.

„Guter Stunt", sagte Hunter anerkennend, „nur ein bisschen gefährlich. Du hättest uns fast umgenietet."

Ivo fuhr sich durch die Haare. Er schenkte Hunter keinen Blick, schaute nur Sara an. „Na und?", knurrte er. „Was kann ich dafür, wenn du da stehst, wo ich hinwill?"

Hunter sagte nichts. Er stieg die Treppen hoch, holte den Schlüssel raus und schloss auf.

Ivo hielt Sara zurück, als die anderen schon hinter Hunter in den Flur stürmten und einen Riesenlärm verursachten.

„Mal eine Frage", sagte Ivo.

„Ja?" Sara dachte an Ivos merkwürdiges Verhalten eben. Ob Hunter doch Recht hatte? In ihr begann es zu kribbeln. Ivo fischte sich eine Zigarette aus dem zerknüllten Päckchen und steckte sie zwischen die Lippen.

„Hast du was mit dem?", fragte Ivo unvermittelt.

Sara verstand nicht. „Was meinst du? Mit wem soll ich was haben?"

„Mit Hunter."

Sie bekam einen feuerroten Kopf. „Mann, bist du verrückt? Wie kommst du denn darauf?"

„Keine Ahnung."

Ivo zündete die Zigarette an und blies den Rauch seitlich an Sara vorbei.

Sara wedelte mit den Händen vor ihrem Gesicht. Sie konnte es nicht ausstehen, wenn Jungen rauchten, nur um cool zu wirken.

„Stört dich das, wenn ich rauche?"

„Nein", knurrte Sara. Sie war wütend. Wie kam Ivo nur auf so eine blöde Idee?

„Ich könnte die Zigarette wieder ausmachen", bot Ivo an. „Oder sag mir, was dich sonst an mir nervt."

„Gib dir keine Mühe."

„Wieso bist du jetzt so sauer?"

„Weil du so einen Scheiß redest." Sara erhitzte sich beim Sprechen. „Wie kommst du auf so was?"

„Na ja, ist doch logisch, oder? Er holt dich mit seinem Auto von der Schule ab …"

„Das war ein einziges Mal, nämlich als wir zur Polizei gefahren sind."

„… er fährt mit dir stundenlang durch Berlin, um das Vorderrad zu suchen." Er grinste. „Was glaubst du eigentlich, was die anderen hier denken? Mann, ich meine, ein Vorderrad, das findet man doch nie! Schon mal was von der Stecknadel im Heuhaufen gehört? Genau so ist das, was ihr tut."

„Und wenn schon", sagte Sara trotzig. „Er hat es wenigstens versucht. Euch ist das doch scheißegal, was mir passiert. Von euch kümmert sich doch keiner."

„Ich hätte dir auch einen Tipp geben können", sagte Ivo, „aber auf mich hättest du eh nicht gehört. Egal, was ich sage."

„Was denn für einen Tipp?"

In diesem Augenblick erschien Hunter in der Tür. Er hielt zwei Tischtennisschläger hoch.

„Lust auf ein kleines Spielchen, Sara?", rief er.

Sara blickte unschlüssig von Ivo zu Hunter.

„Ivo, ich …", begann sie.

Ivo schleuderte die Zigarette auf den Boden und drückte sie mit der Fußsohle aus. „Schon gut, vergiss es und spiel mit dem Blender."

Er ging zu seinem Rad, sprang auf und radelte davon.

„Na?", fragte Hunter neugierig, als Sara langsam die Treppen heraufkam. „Was hatte er denn?"

Sara nahm Hunter einen Schläger ab. „Nichts."

„Für nichts habt ihr aber ganz schön lange geredet", sagte Hunter.

Misstrauen klang in seiner Stimme. Er lief hinter Sara her, die mit großen Schritten den Flur durchquerte.

JUNI

11

Saras Vater hatte immer noch keine feste Arbeit. Einmal hatte er für sieben Tage einen Aushilfsjob in einem Zementwerk gehabt, und danach hatte er an zwei Wochenenden Kieslaster nach Brandenburg gefahren. Aber das war es auch schon.

Dafür hatte er seit neuestem eine Freundin. Sie hieß Rita, hatte Haare, die so dünn waren, dass man ihre Kopfhaut durchsehen konnte, und an jedem Finger einen goldenen Ring. Rita arbeitete im Personalbüro des Zementwerks. Da hatte sie Saras Vater kennen gelernt. Er hatte sie zu einem Kaffee eingeladen, und sie hatten offenbar eine Menge Gemeinsamkeiten festgestellt.

Als Sara an einem Freitagmittag aus der Schule nach Hause kam, war Rita plötzlich da. Und es sah nicht so aus, als ob sie schnell wieder weggehen würde. Saras Vater und Rita saßen auf dem Küchenbalkon, den man nur an wirklich heißen Tagen benutzen konnte, rauchten und würfelten. Die Küche wirkte so sauber wie lange nicht mehr. Sara fragte sich, ob sie das gemacht hatte oder ihr Vater, um Eindruck zu schinden. Sogar die leeren Flaschenkästen waren verschwunden. Und der Müll.

„Mädel, komm mal raus“, rief ihr Vater, als er hörte, wie Sara die Kühlschranktür öffnete. „Ich will dir jemanden vorstellen.“

Sara nahm den letzten Vanillejogurt, ließ den Kühlschrank wieder zuschnappen und stellte sich in den Türrahmen. Rita hatte den Rocksaum hochgerafft, so dass man ihre Knie sehen konnte. Bis auf die dünnen Haare und die dicken Beine sah sie eigentlich doch ganz hübsch aus, fand Sara. Ihre Fußnägel waren lackiert. Das gefällt Papi bestimmt, dachte sie. Ihre Mutter hatte auch immer lackierte Fußnägel gehabt. Als sie noch gesund war. Im Sommer hatte sie immer silberne Sandaletten zur Arbeit getragen und dazu dunkelrot lackierte Fußnägel.

„Rita“, sagte ihr Vater, „das ist sie. Meine Tochter Sara. Vaters ganzer Stolz.“

Rita lächelte Sara zu, und Sara lächelte höflich zurück.

„Papi, ich geh nachher noch mal weg. Kannst du mir zehn Mark Vorschuss auf mein Taschengeld geben?“, bat sie.

„Ist denn schon wieder ein Monat rum?“ Ihr Vater knurrte zwar, aber das war ein gutmütiges Knurren. Vor Rita wollte er den Mann von Welt spielen, holte großspurig seine Brieftasche heraus und streckte Sara einen Zwanzigmarkschein hin. „Da, damit es sich lohnt.“

„Wohin geht’s denn?“, fragte Rita freundlich.

Sara hob die Schultern. „Mal sehen. Ich treff mich mit ein paar Freunden."

„Ah", sagte ihr Vater, „mit Manou." Und zu Rita: „Manou ist ihre Freundin."

„Papi, das stimmt doch gar nicht. Mit Manou bin ich seit Monaten nicht mehr zusammen."

Ihr Vater machte ein erstauntes Gesicht. „Nein? Wieso weiß ich davon nichts?"

„Weil du nicht gefragt hast."

Sara holte einen Löffel aus der Küchenschublade und aß den Jogurt.

Sie sah, wie ihr Vater Ritas Knie streichelte und wie diese sich vorbeugte und ihrem Vater das Ohr küsste. Sara schaute schnell wieder weg.

Als sie ins Bad ging, warf sie einen Blick in das Schlafzimmer ihres Vaters.

Das Bett war ungemacht, und die Bettdecke steckte in einem Bezug, den Sara nicht kannte. Blau mit gelben Monden und Sternen. So was sah man jetzt überall in den Kaufhäusern. Auch ein Kopfkissen mit dem Bezug lag da.

Also hatte Rita ihr Bettzeug schon mitgebracht. Also hatten sie schon miteinander geschlafen. Und würden es am Abend wieder tun.

Sara ging ins Bad und schloss sich ein. Misstrauisch schaute sie sich um.

Es hingen frische Handtücher überall. Die Handtücher hatte Sara gewaschen und gebügelt. Neben der Badewanne, die aussah wie frisch geputzt, mit glänzenden Armaturen, stand ein rotes Täschchen aus Kunstleder. Sara zog vorsichtig den Reißverschluss auf und schaute sich den Inhalt an. Ein Damenrasierer, eine Nagelschere, Feile, Waschlappen, Zahnbürste, Zahncreme, Reinigungsmilch und ein Hautöl. Sara zog den Reißverschluss wieder zu und hielt ihr Gesicht unter den kalten Wasserhahn.

Sie betrachtete sich im Spiegel. Eigentlich hatte sie vorgehabt, sich die Haare zu waschen oder in die Badewanne zu steigen, einen Schönheitsnachmittag zu machen. Sie wollte abends auf eine Jugenddisko von der evangelischen Gemeinde. Da wollten sie alle zusammen hingehen, Ivo, Mohammed, Rudi, Michelle, Karin. Die ganze Clique aus dem Jugendzentrum. Bis auf Michelle war bisher niemand auf so einer Diskonacht gewesen.

„Glaubst du, da gibt es was Alkoholisches?", hatte Mohammed gefragt. Er kam aus einer gläubigen muslimischen Familie. Da war Alkohol streng verboten. Aber deshalb reizte ihn der Gedanke an Bier oder Ähnliches auf der Jugenddisko natürlich umso mehr.

„Keine Ahnung. Vielleicht kommen die mit dem Gebetbuch in der Hand zum Tanzen", grinste Rudi.

Michelle gab ihm einen Stoß. „Quatsch. Das ist genauso eine Einrichtung wie das Jugendzentrum hier, die sind ganz normal."

Michelle hatte die Idee gehabt. Sie hatte von der Disko im evangelischen Jugendklub gehört.

Hunter jedenfalls fand es eine gute Idee, dahin zu gehen.

Sara hätte ihn gerne gefragt, ob er auch kommen würde. Aber wahrscheinlich hatte er freitagsabends etwas Besseres vor. Dann fragte Karin.

„Wieso kommst du nicht mit, Hunter?"

„Weil ich nicht eingeladen bin. Außerdem haben die da ihre eigenen Betreuer. Die brauchen uns vom Jugendamt nicht."

„Es wär aber toll, wenn du kämst", sagte Mohammed.

Hunter schaute in die Runde, mit hochgezogenen Augenbrauen. „Echt? Fändet ihr das gut?"

Michelle lachte. „Klar doch. Dann sehen wir mal, ob du tanzen kannst. Die ganzen neuen Sachen."

„Das vielleicht, aber bestimmt nichts mit Stil, so etwas wie Salsa oder so", fügte Ivo mürrisch hinzu.

„Nun tu bloß nicht so, als wenn du ein so toller Tänzer wärst", sagte Sara.

Ivo schaute sie an. „Ich bin ein guter Tänzer."

Sara konnte sich noch schwach an eine Schulfete erinnern, da war Ivo immer auf ihren Zehen herumgetreten. Aber das behielt sie lieber für sich. Hunter schlenderte zu Sara hinüber und lehnte sich neben ihr an die Wand. Er steckte die Hände in die Hosentaschen. „Und du?", fragte er.

„Was ich?“, gab Sara zurück.

„Würdest du dich auch freuen, wenn ich heute Abend mal vorbeischaue?“

Sara nickte. „Klar.“

„Wieso ist das klar?“

„Weil ich es gut fände. Das ist alles.“

„Na, dann bin ich ja beruhigt“, antwortete Hunter.

Bevor Sara über dieses merkwürdige Gespräch nachdenken konnte, kam Ivo zu ihnen herüber. „He, wie warst du in Mathe?“, fragte er Hunter.

„In der Schule meinst du?“

„Klar, in der Schule. Wo sonst?“

Hunter räusperte sich und grinste. „Ich war so Durchschnitt, würde ich sagen.“

„Verstehst du was von Sinuskurven?“, fragte Ivo.

„Du brauchst also jemanden, der dir bei deinen Schularbeiten hilft“, sagte Hunter. „Dafür werde ich eigentlich nicht bezahlt.“

„Komm schon, dafür hast du was bei mir gut. Es geht nur um eine einzige Aufgabe.“

Sara dachte, Sinuskurven, das ist doch einfach. Kinderkram. Aber sie sagte es nicht. Sie ging mit ihren Schulsachen in den Tischtennisraum und begann zu arbeiten.

Irgendwann tauchte Ivo auf. „Ich sag doch, dass der ein Blender ist“, sagte er.

„Wer?“ Sara hob den Kopf.

„Na, Hunter. Der hat genauso wenig Ahnung von

Sinus und Genius wie ich. Der konnte sich an keine einzige Formel mehr erinnern."

„Die Formeln sind doch babyleicht", sagte Sara.

„Wie? Du kannst das?"

„Logo kann ich das. Ich weiß zwar, dass du Mädchen für bescheuert hältst, aber tut mir Leid: In Mathe bin ich gut."

„Na dann!" Ivo lachte. „Kannst du das mal kurz für mich erledigen?"

Bevor Sara antworten konnte, hatte Ivo schon seine Sachen geholt und vor ihr ausgebreitet. Es war tatsächlich nicht besonders einfach. Aber es fiel ihr auch schwer, sich in Ivos Gegenwart zu konzentrieren. Sara knobelte eine Weile herum, bis sie die richtige Lösung gefunden hatte.

Ivo strahlte über das ganze Gesicht. „Mann, du bist ja echt der Überflieger", rief er.

Sara war es nicht gewöhnt, solche Komplimente zu bekommen. „Quatsch", lächelte sie, „außer ein bisschen Tischtennis und ein bisschen Mathe ist es bei mir nicht weit her."

„Kann ich dir dafür 'ne Cola spendieren oder irgendwas anderes?", fragte Ivo.

„Klar", sagte Sara. „Heute Abend?"

„Okay, heute Abend. Und dann zeig ich dir, wie gut ich Salsa tanze." Er deutete die Tanzhaltung und ein paar Schritte an, packte seine Sachen zusammen und fügte hinzu: „Ich komm ein bisschen später, meine Alten haben heute Hochzeitstag. Die bestehen darauf, dass ich bei diesem blöden Abendessen mit den ganzen Verwandten dabei bin. Silberne Hochzeit. So ein Scheiß."

„Ist doch toll", sagte Sara. Sie stellte sich einen Augenblick vor, wie es wäre, wenn ihre Mutter noch leben und ihre Eltern in ein paar Jahren silberne Hochzeit feiern würden. Aber sie verdrängte den Gedanken schnell wieder.

Als Sara gegen sieben Uhr ihr Zimmer verließ, war es merkwürdig still in der Wohnung.

„Papi?", rief Sara.

Sie schaute ins Wohnzimmer. Der Fernseher lief, aber ohne Ton. Und niemand war im Raum.

Auch auf dem Balkon war keiner zu sehen.

Sara ging in die Wohnung zurück. Die Schlafzimmertür war geschlossen.

„Papi?", rief Sara.

Keine Antwort.

Sara fasste den Türgriff. Im letzten Augenblick fiel ihr ein, dass ihr Vater dort mit Rita liegen könnte. Ihr Vater, zusammen mit einer Frau, die dünne blonde Haare und dicke weiße Knie hatte, auf dem Bett, in dem früher ihre Mutter geschlafen hatte.

Sara flüchtete aus der Wohnung und warf im Hinausgehen die Tür mit einem lauten Knall hinter sich zu.

12

Vor dem Eingang zum Saal herrschte chaotisches Gedränge, denn die Besucher wurden nur einzeln hereingelassen, wie in der Disko, nach der Gesichtskontrolle. Man musste zwar keinen Eintritt bezahlen, aber jeder Besucher bekam einen Stempel auf die Hand, nachdem er seinen Ausweis vorgezeigt hatte. Da dies ein Fest für Jugendliche sein sollte, wurde niemand über 18 hereingelassen.

Sara wurde in einem Pulk von Leuten, die sie in ihrem Leben noch nie gesehen hatte, in den Saal geschoben. Sie hatte die linke Hand mit dem Stempel in die Luft gestreckt, damit die Farbe keine Flecken auf ihrem Pulli hinterließ. Suchend schaute sie sich nach bekannten Gesichtern um. Wo war Ivo? Er wollte ihr doch eine Cola spendieren.

Sie erkannte niemanden, wusste nicht, wo es Getränke gab, von wo die Musik kam. Sie war umgeben von fremden Menschen, die Bässe dröhnten, und das Schlagzeug wummerte, und in ihrem Kopf explodierten die Farben.

Endlich sah sie die Bühne. Fünf Musiker auf einem schlichten Holzpodest. Alle gekleidet in Klamotten aus den Siebzigern. Sara fand es total schräg. Ein paar Leute sangen den Text mit und klatschten im Rhythmus. Sie hatte das Lied noch nie gehört.

Nach einer knappen Stunde konnte Sara noch immer niemanden aus ihrer Clique entdecken. Und keine Spur von Ivo.

Sie war sicher, dass Hunter nicht hereingelassen würde. Mit 25 hatte man hier keine Chance. Dabei gab es doch ein paar Ältere. Aber das waren wahrscheinlich Mitarbeiter der Kirche.

Die Lichter wurden dunkler, und ein Typ mit einer heiseren Stimme sagte ins Mikrofon: „Hallo, Leute, schön, dass ihr alle da seid. Ihr müsst nicht so drängeln, der nächste Tanz ist wieder mit Musik." Die Stimmung war toll, die Menge johlte. Aber Sara fühlte sich total einsam. Sie kannte niemanden. Wo waren die bloß alle? Michelle, Karin. Auch von Ivo war keine Spur zu sehen. Dabei hatte sie sich schon so darauf gefreut, mit ihm Salsa zu tanzen.

Sara schob sich durch die Tanzenden in Richtung Ausgang. Sie hatte beschlossen, dass sie hier nicht länger blieb.

Doch plötzlich rief jemand: „Mensch, Sara! Endlich!"

Auf einmal stand Hunter vor ihr, grinsend, in Cordhosen, T-Shirt und Lederjacke. Und mit diesem Lockenkopf.

Sara fand, dass er cool aussah. Sie freute sich richtig, ihn zu sehen. Endlich ein bekanntes Gesicht.

Er strahlte. „Ich bin seit einer Viertelstunde da, aber bisher habe ich keinen von euch entdeckt.“

„Geht mir genauso“, sagte Sara. „Ivo hab ich noch nicht gesehen.“

„Ich glaube auch nicht, dass er noch kommt“, brüllte Hunter Sara ins Ohr.

„Wieso nicht?“, fragte sie verwundert.

„Ivo hat vorhin im Jugendzentrum noch so eine Andeutung gemacht. Wegen der Silberhochzeit seiner Eltern, du weißt schon. Er hatte wohl ziemlichen Stress, weil er unbedingt hierher wollte, und wusste noch gar nicht, ob sie es ihm erlauben würden.“

Aber er hat sich doch mit mir verabredet, dachte Sara bei sich. Ihre Stimmung war auf dem Tiefpunkt.

„Und jetzt?“, fragte sie Hunter. „Ich find's irgendwie blöd hier.“ Dass Ivo sie einfach so versetzen würde, hätte sie ihm nicht zugetraut. Aber so war es eben: Man konnte sich auf niemanden verlassen.

„Ich hätte da eine Idee.“ Bei dem Lärm musste Hunter mit seinem Gesicht nah an sie heran. Da wurde Sara von hinten geschubst, und plötzlich waren ihre Lippen fast aufeinander. Sara konnte noch in der letzten Sekunde das Gesicht wegdrehen. Es war ein peinlicher Moment.

Sara stöhnte: „Mensch, ist das voll hier.“

„Siehst du. Und deshalb hauen wir einfach ab.“

Bevor Sara etwas entgegnen konnte, hatte Hunter ihre Hand genommen. Er schleuste sie durch das Gedränge zum Ausgang.

Ein älterer Mann, der an der Tür Wache hielt, sagte: „Nächstes Mal nehmen wir Eintritt. Dann kommt höchstens die Hälfte."

Hunter winkte, während er Sara hinter sich die Treppe herunterzog. „Gute Idee."

Immer noch kamen ihnen Leute entgegen, die ins Freizeitheim wollten.

„Man kann richtig neidisch werden", sagte Hunter. „Wenn wir im Jugendzentrum so was veranstalten würden, kämen nur ein paar Junkies und die Stammmannschaft. Und ein paar abgerissene Typen, die denken, sie kriegen was umsonst."

„Jetzt machen Sie das Jugendzentrum schlechter, als es ist. Seit Sie da sind, kommen gar keine Junkies mehr."

Vor seinem Auto blieb Hunter stehen. „Willst du mir was versprechen?" Er schaute Sara an.

Sara hob lächelnd die Schulter. „Kommt drauf an, was es ist."

„Willst du endlich du zu mir sagen?"

Sara atmete tief durch. Sie war nicht sicher, ob sie sich darüber freute. Es hatte ihr gefallen, Hunter zu siezen, weil alle anderen ihn duzten. Dadurch hatte sie zu ihm ein besonderes Verhältnis. Aber gut, wenn er meinte …

„Mein richtiger Name ist übrigens Jan." Er schloss den Wagen auf und öffnete für Sara die Tür. „Vielleicht fällt es dir leichter, mich zu duzen, wenn du mich Jan nennst. Aber alle anderen sagen Hunter." Er beugte sich zu ihr herunter und strich eine Strähne aus ihrem Gesicht. „Aber du bist nicht alle Leute", sagte er sanft. Dann schlug er ihre Tür zu. Sara war verblüfft. Was war das denn gerade?, dachte sie. Irgendwie beschlich sie ein merkwürdiges Gefühl.

„Also, wohin fahren wir?", fragte sie, als Hunter auf der anderen Seite einstieg.

„Zu mir", sagte Hunter. Er steckte den Schlüssel ins Schloss und startete den Motor.

„Zu dir nach Hause?", fragte Sara. „Wieso das denn?"

„Damit wir mal wieder richtig reden können. Unter vier Augen. Im Jugendzentrum sind ja immer die anderen dabei. Ivo, vor allem, der scharwenzelt immer um dich herum. Und irgendetwas sagt mir, dass du mal wieder mit jemandem reden musst. Ist wohl wieder was mit deinem Vater, was? Na, wart's ab, bis du meine Wohnung siehst. Da lässt es sich gut reden. Ich hab alles da: Musik, was zu essen, was zu trinken, einen Balkon, auf dem man sitzen kann, bequeme Sessel, Kerzen, Windlichter. Und? Wie klingt das?"

„Wow", sagte Sara, „klingt gut."

„Also? Dann fahren wir?“

Sara lachte. „Klar, ich wollte schon immer mal wissen, wie du lebst.“

„Ist nur fair. Ich weiß ja auch, wie du lebst.“

Hunter fuhr durch einen Torbogen in einen Hinterhof. Ringsum vierstöckige Wohnhäuser, alt.

„Da sind wir.“ Hunter deutete auf das linke Haus. „Ich wohn im vierten Stock. Unter dem Dach. Es gibt keinen Fahrstuhl.“

Sara grinste. „Dann kann ich nicht mitkommen. Vier Stockwerke, das ist zu viel.“

„Wie wär's mit ein bisschen mehr Sport, Madame?“ Hunter beugte sich zum Rücksitz hinüber und zog eine Plastiktüte zwischen den Sitzen hervor.

„Ich hab für alle Fälle ein bisschen was zu trinken besorgt“, sagte er. „Ich dachte, du bist ein Typ für Gin Tonic. Hab ich Recht?“

„Ich weiß überhaupt nicht, wie das schmeckt.“

Sara folgte ihm durch den Hof in den Hintereingang. Es roch nach nassem Hundefell. Irgendetwas ist merkwürdig, dachte Sara. Doch bevor sie den Gedanken zu Ende bringen konnte, stolperte sie über einen Kinderbuggy und eine Karre. „In diesem Haus gibt es 12 Kinder im Kindergartenalter“, sagte Hunter. „Für einen Junggesellen ein ziemlicher Härtetest.“

Sie stiegen die Treppe hoch. Jede zweite Lampe war kaputt. Ihre Körper warfen lange Schatten.

Da fiel es ihr ein: „Wie war das eben? Du hast Gin Tonic gekauft? Für mich?“

„Hab ich für dich gesagt?“

„Wieso wusstest du, dass ich heute Abend zu dir komme?“

Hunter drehte sich auf der Treppe um. Sie konnte sein Gesicht in dem Licht nicht erkennen. „Intuition.“

Wieder dieses komische Gefühl. Aber Sara tat den Gedanken ab. Bilde dir nichts ein, blöde Pute. Hunter will mit dir reden, er weiß genau, was in dir vorgeht, das merkst du doch. Er ist so nett. Und wieso soll er sich dabei nicht einen Gin Tonic mixen? Er ist schließlich zu Hause und nicht im Dienst.

In seiner Wohnung roch es ein bisschen nach Räucherstäbchen und ein bisschen nach Blumen. Ganz schön, fand Sara.

Hunter hängte ihre Jacke an die Garderobe, neben seine Lederjacke.

„Schau dich ruhig um“, sagte er. „Ich geh nur kurz ins Bad.“

Die Wohnung war klein. Ein Wohnzimmer, eine Küche, ein Arbeitszimmer. Das Schlafzimmer fand sie nicht. Aber im Wohnzimmer gab es eine Ausziehcouch. Die Küche war so groß wie das Wohnzimmer bei Sara zu Hause, in der Mitte ein großer alter Holztisch, auf dem ein Tablett mit Gläsern selbst gekochter Marmelade stand, Öl und Essig, Salz und Pfeffer und Rotwein. Es sah gemütlich aus. Anders als die Küchen, die Sara kannte, aber gemütlich.

Sie setzte sich an den Küchentisch.

„Hey." Hunter erschien wieder und rieb sich unternehmungslustig die Hände. „Na? Wie gefällt dir die Wohnung?"

„Sie ist schön", sagte Sara bedächtig. Es machte sie auf einmal verlegen, in Hunters Wohnung zu sein. So, als habe sie einen Schritt zu viel in sein Privatleben getan.

„Das Beste", sagte Hunter, „kennst du noch nicht."

Er zog sie an der Hand hinter sich her. Das machte er gern, Leute an der Hand hinter sich herziehen.

Vom Flur führte eine eiserne Wendeltreppe auf das Dach. Und dort gab es einen Platz, umgeben von Terrakotta-Töpfen, die alle mit immergrünen Sträuchern bepflanzt waren. Eine breite Liege mit Kissen, Stühle, ein Tisch, ein Sonnenschirm.

„Whow", staunte Sara, „sieht aus wie in Italien."

Hunter trat dicht hinter sie und deutete nach oben.

„Schau, die Sterne. Romantisch, was?"

Sie hoben beide ihre Gesichter zu den Sternen.

„Deine Haare kitzeln", sagte Hunter.

Sara wurde rot. „Entschuldigung."

„Das war nicht als Vorwurf gemeint. Nur eine Warnung, dass wir uns zu nahe kommen.“ Hunter ließ sich auf die Liege fallen und verschränkte die Arme hinter dem Kopf. „Jetzt weißt du, wie ich die Abende verbringe, wie ich meine Nerven wieder flicke, auf denen ihr herumtrampelt.“

„Ich auch? Ich trample auch auf deinen Nerven herum?“ Sara setzte sich auf einen Stuhl.

Er lächelte sie an. „Nein, aber es gibt noch ganz andere Leute, um die ich mich kümmern muss, mit ganz anderen Problemen. Adoptionsfälle, Kinder, die ihren Eltern weggenommen werden müssen, für die ich Pflegschaften besorgen muss, um die man sich ständig kümmern muss. Auch Mütter, die mit ihrem Leben und den kleinen Kindern überfordert sind. Du hast keine Ahnung, mit welchen Sachen ich mich rumschlagen muss.“

„Klingt, als wenn dir dein Job keinen Spaß mehr macht“, sagte Sara.

„Oh doch, er macht Spaß, weil man hin und wieder auf so was Tolles trifft wie dich. Erzähl von deinem Vater. Wie kommst du jetzt mit ihm zurecht?“

Sara begann zu erzählen. Bei Hunter hatte sie keine Hemmungen, über ihre Probleme zu reden. Über ihre Angst, dass sie sich irgendwann die Wohnung nicht mehr würden leisten können, dass ihr Vater ein Alkoholiker würde, dass sie in der Schule sitzen bliebe …

Sara verstummte. Plötzlich fiel ihr Rita ein. Und ihr Vater. Das Schlafzimmer. Ritas rotes Kosmetiktäschchen im Bad. Bestimmt war Rita morgen früh immer noch da.

„Was ist?“, fragte Hunter. Er spürte immer, wenn sie mit den Gedanken woanders war.

Sara schüttelte den Kopf. „Nichts.“

„Glaub ich nicht“, sagte Hunter, „also erzähl schon.“

„Mein Vater hat eine Freundin“, sagte Sara nach kurzem Zögern.

„Oh“, sagte Hunter. „Und? Wie ist sie?“

„Keine Ahnung. Ich hab sie heute bloß kurz gesehen. Sie saß mit Papi auf dem Balkon. Die beiden haben gewürfelt. Sie ist ganz nett, glaube ich.“

„Na, dann ist doch alles in Ordnung.“

Sara schaute aus dem Fenster. „Aber wenn sie heute Nacht dableibt, dann bekomm ich eine Krise.“

„Verstehe“, brummte Hunter.

Sara fragte sich, ob er das wirklich verstand. Es kam ihr vor wie ein Verrat an ihrer Mutter. Papi lebt noch und amüsiert sich mit einer anderen Frau, und Mami …

Sie wollte lieber nicht an den Friedhof denken. Plötzlich hatte sie ein schlechtes Gewissen, dass sie nie hinging, um ihrer Mutter einen Blumenstrauß zu bringen. Dass sie sich nicht kümmerte. Vielleicht sah das Grab genauso aus wie die Wohnung – vernachlässigt.

Und ihr Vater tätschelte das dicke Knie einer fremden Frau.

„Sie hat ganz dünne, blonde Haare", sagte Sara. „Ihre Kopfhaut ist rosa."

„Das ist die Kopfhaut von einem großen Teil der Menschheit", sagte Hunter amüsiert. „Was ist daran schlimm?"

„Ich weiß nicht." Sara atmete tief durch. „Mami hatte dunkelbraune Haare, ganz viele."

Sara redete und redete. Und Hunter schaute sie an und hörte zu. Manchmal drang aus einer der anderen Wohnungen Musik zu ihnen herüber und das Lachen von fröhlichen Leuten. Einmal zog ein Flugzeug direkt über sie hinweg. Dann war es wieder still. Als Sara schwieg, erhob Hunter sich, streichelte flüchtig ihr Gesicht und sagte: „Ich mach uns was zu trinken."

„Aber nicht diesen Gin Tonic", sagte Sara, „ich vertrage keinen Alkohol."

„Okay, ganz dünn, nur für den Geschmack."

Hunter verschwand, und Sara legte sich auf die Liege. Das war schön, so zu liegen in einer lauen Sommernacht und in die Sterne zu schauen.

Niemand konnte sie sehen. Die Büsche in den Töpfen waren ziemlich hoch, und die Terrasse lag über allen anderen Dächern.

Dem Himmel so nah, dachte Sara.

Sie seufzte. So eine Wohnung müsste man haben. Sie stellte sich vor, dass sie eine Party feiern würde, ihren Geburtstag. Sie würde Ivo einladen, Mohammed, vielleicht auch Michelle. Und Manou. Ohne Helen. Oder mit Helen. Damit sie alle eifersüchtig waren auf so eine Wohnung. Eine Party wie unter Millionären würde das werden. Alle müssten sich etwas Schönes anziehen.

Hunter kam zurück mit einem Tablett, auf dem zwei Gläser und Salzgebäck standen. Er stellte es auf den Fußboden und setzte sich neben Sara. „Zieh deine Schuhe aus“, sagte er, „ist doch viel gemütlicher.“

Sara streifte die Schuhe ab. Hunter hielt ihr ein Glas hin. „Prost“, sagte er, und Sara trank. Schmeckt merkwürdig bitter, dachte sie. Aber sie trank das Glas in einem Zug aus. Nachdem sie so viel geredet hatte, war ihr Durst groß.

„Wenn ich allein bin“, sagte Hunter, „dann hab ich immer einen Kimono an. Weißt du, was das ist?“

„Ein japanischer Morgenmantel“, sagte Sara.

„Genau. Ich hab Kimonos aus Baumwolle und Seide. Ganz toll bestickt. Sehen unheimlich schön aus. Wenn du willst, kannst du mal einen anprobieren.“

„Echt?“ Sara strahlte. Ihr Kopf war merkwürdig leicht. Es war immer mehr so wie in einem Film. Sie folgte Hunter nach unten. Er öffnete die Tür zum Bad, durchquerte es und öffnete wieder eine Tür. Sie standen in einem kleinen Raum mit einem Oberlicht.

„Mein Schlafzimmer“, sagte er. „Klein, aber fein.“

Eine große Matratze auf dem Fußboden, ein eingebauter Schrank, ein Stuhl, auf dem sich Bücherberge türmten, eine kleine Leselampe. Sonst nichts. Hunter holte ein paar Bügel aus dem Schrank. Er breitete die Kimonos auf dem Bett aus.

Einer war leuchtend rot, einer gelb, einer dunkelgrün, der andere schwarz mit goldener Stickerei. Sara entschied sich für den roten.

„Gute Wahl“, sagte Hunter, „steht dir bestimmt gut.“

Er verschwand diskret, während Sara den Kimono über ihren Minirock und das T-Shirt anzog.

Im Bad betrachtete sie sich mit einer Mischung aus Stolz und Unsicherheit.

Sah das nicht lächerlich aus? Ein fünfzehnjähriges Mädchen in einem Kimono.

Aber er fühlte sich so schön an, glatt und kühl, die weiten Schmetterlingsärmel, in denen man die Hände verstecken konnte. Ein tolles Gefühl. Mädel, schnapp bloß nicht über, dachte Sara. Du bist ja ganz high im Kopf. Der Drink war wohl doch stärker als geplant.

Hunter wartete oben auf dem Dach.

Als Sara erschien, ein bisschen verlegen, richtete er sich von der Liege auf.

Er lächelte. Aber er sagte nichts. Er reichte Sara noch ein Glas. „Keine Angst, diesmal ohne Gin. Ich will dich ja nicht abfüllen."

Es schmeckte bitter und ein bisschen scharf. Aber auch sauer und irgendwie gut.

„Na?", fragte Hunter.

Sara nickte. „Gut."

„Ich hab ein bisschen Zitronensaft reingemixt."

Deshalb ist das so trübe, dachte Sara. In ihrem Kopf drehte sich dennoch alles.

Hunter rückte ein Stück zur Seite. „Komm, Geisha, hier ist genug Platz. Du kriegst einen steifen Hals, wenn du so krumm dasitzt."

Sara schüttelte verlegen den Kopf.

Da stand er auf und machte eine einladende Handbewegung.

„Okay, du die Liege, ich den Sessel. Willst du Musik hören?"

Wieder schüttelte Sara den Kopf.

„Ich auch nicht." Hunter ließ sich in den Sessel fallen und legte seine Füße auf die Liege. Er war barfuß, und Sara merkte, dass seine Zehen ihre Oberschenkel streiften. Sie rückte ein bisschen weg.

Hunter grinste. „Angst?", fragte er. „Vor mir?"

Sara antwortete nicht. Hastig leerte sie ihr Glas. Ihr wurde immer schwindeliger.

„Ich hab hier nicht immer allein gelebt", sagte Hunter unvermittelt. „Ich hatte eine Freundin. Vor einem Monat hat sie ihre Koffer gepackt und ist nach Paris gezogen, um Karriere zu machen." Er lachte. „Als Model. Sie glaubt wohl, sie könnte werden wie Claudia Schiffer & Co."

Es war Sara peinlich, so abfällig, wie er das sagte. Überhaupt wollte sie eigentlich gar nichts aus seinem Privatleben erfahren.

Sara spürte, wie sie nervös wurde. Sie wollte das Thema wechseln, aber auf einmal fiel ihr nichts mehr ein. Hunter schob mit dem Fuß den Saum ihres Kimonos nach oben. Er fiel auseinander, und Sara merkte erschrocken, dass ihr Minirock hochgeschoben war. Zu hoch. Schnell schloss sie den Kimono wieder.

Hunter lächelte. „Lass doch, sieht doch keiner."

„Doch", sagte Sara, „du."

„Glaubst du, ich habe so was noch nie gesehen? Aber deine Beine sind wirklich ein besonders schöner Anblick."

Sara stand auf. Auf einmal war sie hellwach. „Ich glaub, ich fahr jetzt lieber nach Hause", stammelte sie verlegen. „Es ist schon spät. Mein Vater macht sich immer Sorgen."

Hunter lachte. „Unsinn. Dein Vater ist gerade mit seiner Freundin beschäftigt."

Sara war, als habe Hunter ihr eine Ohrfeige verpasst. Überhaupt fühlte sie sich nicht mehr wohl. Hunter hatte so einen merkwürdigen Blick. So eine komische Art.

Als Sara an ihm vorbeiwollte, hielt er sie fest.

Sara wand sich, aber seine Finger umschlossen ihre Handgelenke.

„Lass uns noch ein bisschen reden", sagte er rau. „Ich merke doch, wie gut dir das tut."

„Mir fällt nichts mehr ein. Ich bin müde", wich Sara aus.

„Dann leg dich wieder auf die Liege zurück und schlaf ein bisschen. Macht doch nichts. Stört doch niemanden. Ich sitze hier im Sessel und bewache deinen Schlaf."

„Danke, aber ich glaub, ich zieh mich wieder um."

„Nein, das machst du nicht", sagte Hunter sanft.

Er strich ihr über den Ausschnitt.

Sara blieb vor Schreck fast das Herz stehen.

„Schön?", fragte Hunter.

Sara schüttelte heftig den Kopf. Sie fand es eklig, dass Hunter sie berührte. Er war doch ihr Freund, ihr Beschützer, der, mit dem sie über alles reden konnte. Der ihr helfen wollte. Aber jetzt machte er alles kaputt. Er war einfach nur ein Kerl, der sie anfassen wollte. Sie war allein mit ihm in seiner Wohnung. Sie fühlte sich wie gefangen.

„Entschuldige, ich muss mal", brachte sie gerade noch hervor, und bevor Hunter sie wieder festhalten konnte, war sie die Treppe heruntergelaufen. Sie rannte ins Bad, schob den Riegel vor und versuchte mit zitternden Fingern den Kimono auszuziehen.

Hunter klopfte gegen die Badezimmertür. „Was ist los, Sara?“, fragte er.

„Nichts.“

„Geht es dir nicht gut?“

„Doch, doch. Ich muss nur mal ganz dringend!“, rief Sara. Sie kämpfte verzweifelt mit dem Gürtelknoten. „Ausgerechnet“, fluchte sie leise. Und dann: „Geh ruhig wieder rauf, ich komme gleich!“

Sara versuchte, ihre Stimme so ruhig wie möglich klingen zu lassen. Bitte, bitte, geh weg, flehte sie innerlich.

„Okay“, rief Hunter, „ich warte oben auf dich. Hast du Hunger? Soll ich uns was zu essen machen?“

„Nein, keinen Hunger. Danke, gar nichts.“

„Gut, dann geh ich wieder rauf.“

„Ja, in Ordnung.“

Himmel, bloß weg hier!, dachte sie. Sara stellte sich an die Tür und lauschte. Sie brauchte lange, bis ihr klar war, dass es Hunters Schritte über ihr waren, auf der Dachterrasse, direkt über dem Bad.

Sie schob behutsam den Riegel zurück, lauschte noch einmal. Alles war ruhig.

Mit bloßen Füßen tapste sie zur Wohnungstür. Der Schlüssel steckte von innen.

Vorsichtig drehte sie ihn um. Ihre Sandalen waren noch oben bei Hunter. Sie würde eben barfuß nach Hause gehen müssen. Sie nahm die Jacke vom Bügel. Dabei stieß sie gegen die Metallstange. Das Geräusch ging ihr durch Mark und Bein.

Sie öffnete die Tür, schlüpfte hindurch und drückte sie von außen behutsam ins Schloss.

Dann rannte sie die Treppen hinunter, durch den Hinterhof, den Torbogen auf die Straße.

13

Ihr Vater lag noch nicht im Bett, als sie nach Hause kam. Rita und er saßen vor dem Fernseher, und auf dem Tisch brannte eine Kerze. Ihr Vater trug ein weißes Hemd. Rita strickte.

Sara traute ihren Augen nicht: Rita strickte! Die beiden wirkten wie ein altes, freundliches Ehepaar.

Rita schien richtig erfreut, dass Sara schon wieder zurück war.

„Siehst du, Franz“, sagte sie zu Saras Vater, „ist doch gut, dass ich ein bisschen mehr von dem Hühnerfrikassee gemacht habe. Jetzt haben wir Sara wenigstens etwas anzubieten.“

„Hühnerfrikassee? Echt?“ Sara konnte es nicht glauben.

Ihr Vater nickte stolz. „Sie macht das super. Mit ein bisschen Curry, Champignons ..."

„Und Ananasstückchen", sagte Rita lächelnd. „Soll ich dir was herrichten?"

Sara zögerte. Eigentlich wollte sie nur ins Bett. Es war ja auch schon sehr spät. Und sie war noch total durcheinander. Aber hier war es so schön normal, wie eine heile Welt. Wo ihre, die mit Hunter, gerade kaputtgegangen war. In tausend Scherben zerbrochen.

Sie beschloss, noch ein bisschen bei Rita und ihrem Vater zu sitzen. Wann war sie zuletzt so nett empfangen worden?

„Ich kann mir das Hühnerfrikassee aber selbst warm machen", schlug sie vor. „Das ist bestimmt ein spannender Film."

Doch Rita bestand darauf, mit Sara in die Küche zu gehen. Dort sah es aus, als hätten die Heinzelmännchen eine Sonderschicht eingelegt. Das Spülbecken glänzte, als sollte man sich darin spiegeln. „Magst du was trinken?", fragte Rita.

„Danke, ich nehm mir selbst was." Sara holte eine Milchtüte aus dem Kühlschrank und füllte einen Becher.

„War's denn schön heute Abend?", fragte Rita weiter, während sie den Herd anstellte und die Kasserolle aufs Feuer setzte.

„Nein", sagte Sara, „es war furchtbar."

„Ich kenne das, man stellt sich alles so schön vor, aber irgendwas vermiest einem immer die Stimmung.“ Rita schaute sich lächelnd zu ihr um, während sie mit einem Holzlöffel rührte. Ein wunderbarer Geruch breitete sich in der Küche aus. Hühnerfrikassee gehörte zu Saras Lieblingsspeisen. Sie konnte sich gar nicht mehr erinnern, wann sie zuletzt eine richtige warme Mahlzeit vorgesetzt bekommen hatte.

„Wenn ich früher zu einer Party ging“, sagte Rita, „hab ich mir immer wer weiß was ausgemalt. Dass ich einen ganz tollen Typen kennen lerne oder der Mittelpunkt der Party bin. Dass mich der schönste Junge mit dem Auto nach Hause bringt und wir uns vor der Haustür so lange küssen, bis Nachbars Wauwi bellt …“

Sara lachte bitter.

„Genau. Aber in Wirklichkeit ist alles Scheiße, und man geht zu Fuß nach Hause.“ Sie blickte verstohlen auf ihre schwarzen Fußsohlen. Hoffentlich hatte Rita die noch nicht gesehen.

„Dann musst du ja wenigstens richtig guten Hunger haben. Wo waren noch mal die Teller?“

Sara stand sofort auf, holte einen aus dem Schrank und setzte sich wieder. Rita füllte ihren Teller und nahm ihr gegenüber Platz.

„Willst du darüber reden?“, fragte Rita sanft.

Sara schüttelte den Kopf.

„Wart's ab, irgendwann kommt bestimmt der Richtige", versuchte Rita sie zu trösten.

Irgendwie ist sie ja lieb, dachte Sara. Sie schaute auf.

„So wie Papi? Ist der der Richtige?", fragte sie.

Rita lachte. „Ach, ich weiß nicht. Ich glaube, dein Papi ist einfach immer noch sehr traurig. Ich versuche nur, ihn ein bisschen aufzuheitern. Er ist ja auch nett zu mir. Er ist gutmütig und freundlich. Denke ich wenigstens."

Sara beobachtete Rita. Sie hatte plötzlich einen ganz anderen Eindruck von dieser Frau.

„Was stricken Sie denn da?", fragte sie, um das Thema zu wechseln.

„Das ist ein Babyjäckchen. Meine Nachbarin hat ein Baby bekommen. Sie sind Kosovo-Albaner. Flüchtlinge. Sie haben fast gar nichts. Und ich langweile mich, wenn ich beim Fernsehen nichts zu tun habe."

Aus dem Wohnzimmer kam die Stimme ihres Vaters. „Rita! Sara! Wo bleibt ihr denn? Der Film ist richtig lustig!"

Rita stand auf. „Schmeckt's denn?", fragte sie im Hinausgehen.

„Superlecker", sagte Sara. Und sie meinte es sogar ernst.

14

In der großen Pause am nächsten Montag wartete Ivo auf sie am Ausgang zum Pausenhof.

„Hey“, sagte er, „was war das denn Samstagabend?“

„Wieso?“ Sara tat ganz ahnungslos. Sie wusste nicht, worauf Ivo hinauswollte.

„Mann, ich hab die ganzen Taschen voller Geld, um dich zu einer Kiste Cola einzuladen. Ich reiß mir ein Bein aus, um einigermaßen pünktlich zu sein. Aber wer nicht kommt, bist du! Hast du vergessen, dass ich erst mit meinen Eltern silberne Hochzeit feiern musste?“

Sara grinste verlegen. In der Aufregung hatte sie das tatsächlich vergessen. Aber sie wollte Ivo gegenüber nicht erwähnen, dass Hunter gesagt hatte, dass Ivo sowieso nicht mehr kommen würde. Ivo sollte davon nichts erfahren. Sie war froh, dass er doch da gewesen war. Er hatte wirklich auf sie gewartet, um ihr eine Cola auszugeben und mit ihr Salsa zu tanzen. „Stimmt, ich habe es vergessen. Aber ich war da. Bin nur wieder gegangen.“

„Wieso das denn?“

„Die Musik war bescheuert“, sagte Sara.

„Ja, ja, hab ich auch gehört, dass am Anfang so dämliche Gruftiebands gespielt haben. Aber so gegen elf ist ’ne echt starke Salsa-Band aufgetreten. Da kam eine super Stimmung auf. Mann, die Leute waren alle so gut drauf. Und ich stand da wie belämmert.“

Sie überquerten den Schulhof und hockten sich nebeneinander auf die Steinpoller neben der Sandgrube, in der die Kleinen sich austobten.

„Ich weiß auch nicht, warum ich schon so früh gegangen bin“, wich Sara aus, während sie den Kuchen auswickelte, den Rita für sie auf dem Küchentisch bereitgelegt hatte. „Die anderen waren ja auch nicht da. Ich hab überhaupt keinen von euch gesehen. Alles wildfremde Leute.“

„Aber Hunter war da.“

Sara bekam einen roten Kopf. Sie schaute weg.

„Stimmt doch, Hunter war da. Michelle hat dich und Hunter gesehen.“

Sara bückte sich, um ihren linken Schuh auszuziehen. Sie hatte sich beim Barfußlaufen einen Splitter eingetreten. Jetzt war der Ballen geschwollen und tat weh. Auch das verdankte sie Hunter.

„Michelle meint, dass du mit Hunter weggegangen bist.“

„Bitte, ja, lass uns von was anderem reden.“ Sara blickte Ivo an.

Ivo sah sie lange an. Dann starrte er auf den

Kuchen in Saras Hand und sagte: „Wow. Der sieht gut aus."

Sara musste lachen.

„Mal probieren?" Sie brach ein Stück vom Hefekuchen ab und steckte es zwischen Ivos Lippen. Er schmatzte genüsslich.

„Ich hab heute Morgen nicht gefrühstückt. Ich weiß auch nicht. Krieg das nie auf die Reihe. Wieso erzählst du nicht, wo du mit Hunter gewesen bist? Oder ist das ein Geheimnis? Hast du etwa doch was mit ihm?"

Sara hatte es geschafft, in der Nacht nicht ein einziges Mal an die ganze Geschichte zu denken. Ivo durfte das alles sowieso nicht erfahren. Wenn er wüsste, was da abgelaufen war …

Wie blöd war ich eigentlich?, dachte Sara. Wieso hab ich das gemacht? Und was mach ich jetzt? So ein Scheißkerl, dachte sie wütend.

„Hey, du sagst ja gar nichts." Ivo stand auf.

Hastig sagte sie: „Die zeigen heute einen Charlie-Chaplin-Film. Vielleicht geh ich hin."

Ivo schaute sie an. „Wo gibt's den?"

„Im Filmklub, um vier."

„Der ist doch in Schwarzweiß, oder?"

Sara nickte.

„Stehst du auf Charlie Chaplin?"

„Ich find ihn gut. Aber wenn du ihn blöd findest, vergiss es einfach."

Ivo zögerte. „Du gehst also hin?“

„Ja, sag ich doch.“

„Na ja.“ Ivo drehte mit der Schuhspitze einen Kreis in den Sand. „Wenn ich’s mir recht überlege ... im Jugendzentrum ist nichts Besonderes angesagt, und bei uns zu Hause hängt immer noch die ganze ätzende Family rum.“ Er holte tief Luft. „Ich hätte auch echt mal wieder Lust auf einen alten Schwarzweißfilm. Treffen wir uns am Eingang?“

Sara knüllte das Kuchenpapier zusammen und zielte auf den Papierkorb. Sie verfehlte um ein paar Zentimeter. Ivo ging hin, hob es auf und warf es hinein. Er grinste. „Wenn Hunter das sähe, würde sein Weltbild kaputtgehen. Der hält mich – was Ordnung und so betrifft – für einen Oberarsch.“

„Ist es nicht völlig egal, was Hunter denkt?“, fragte Sara.

Ivo warf ihr einen erstaunten Blick zu.

„Hey, seit wann ist es dir egal, was Hunter denkt? Der ist für dich doch so eine Art Übervater. Ein Heiliger. Was weiß ich. Superman.“

Ivo streckte den Brustkorb raus, wedelte mit den Armen und tat, als würde er gleich abheben.

Sara lachte. Ivo konnte wirklich komisch sein. Das hatte sie immer schon an ihm gemocht. Obwohl es einiges andere gab, das sie nicht an ihm mochte. Zum Beispiel, wie er manchmal protzte mit allen Dingen, die er besaß.

Na ja, nicht jeder hatte einen Vater, der ein hohes Tier bei der Bundesbahn war.

„Hunter ist überhaupt kein Superman“, sagte Sara plötzlich. „Und schon gar kein Heiliger. Du solltest das besser schnell kapieren.“

„Aber er ist der engagierteste von all den Sozialarbeitern, die mir bis jetzt über den Weg gelaufen sind“, sagte Ivo. „So viel steht schon mal fest, er tut einen Haufen für uns. Und kennst du sonst noch jemanden, der sich um unsere Schulprobleme kümmert? Kennst du einen einzigen Menschen, der zu den Lehrern geht, um ein gutes Wort für uns einzulegen? Und erinnerst du dich noch an die Sache mit Mohammed? Das war doch echt cool von ihm.“

Das stimmte. Sara hatte sich genau wie alle anderen gewundert, dass Hunter Mohammed dazu gebracht hatte, die CDs, die er bei *WOM* geklaut hatte, wieder zurückzubringen, und zwar nicht einfach ins Regal zu legen, sondern sich beim Geschäftsführer zu melden und zu entschuldigen.

„Das war doch der Hammer“, sagte Ivo. „Wie die beiden losgezogen sind. Mohammed wie ein begossener Pudel. Deswegen hat Hunter bei mir einen Stein im Brett. Mohammed ist mein Freund. Und Hunter hat ihm geholfen. Auch wenn ich manchmal das Gefühl habe, dass er nicht mit offenen Karten spielt.“

So war es immer. Hunter war Gesprächsstoff Nummer eins. Alle fanden ihn gut. Alle.

Sara überlegte, ob Ivo ihr wohl glauben würde, wenn sie ihm die Geschichte der letzten Nacht erzählte. Aber was, genau genommen, konnte sie eigentlich erzählen?

Sie hatte freiwillig diesen albernen Kimono angezogen und sich auf diese Liege gelegt. Das war doch wie eine Einladung gewesen, auch wenn sie es nicht so verstanden hatte. Hunter war zehn Jahre älter als sie. Er hatte sie Geisha genannt! Sie wäre nie auf die Idee gekommen, dass er sie irgendwie anziehend finden könnte. Dass er sich auf *diese* Weise für sie interessieren könnte … Nie im Leben. Das Ganze war ein Schock für sie gewesen. Und den hatte sie noch nicht wirklich verkraftet. Deshalb würde sie nicht mehr ins Jugendzentrum gehen. Nicht heute und nicht morgen. Nur, irgendwann würden die anderen sich wundern, dass sie nicht mehr käme. Wo das doch so etwas wie ihr zweites Zuhause war …

„Also bis heute Nachmittag. Ich versuch, echt pünktlich zu sein“, sagte Ivo, als der Schulgong das Ende der Pause verkündete. „Aber du wartest wirklich auf mich, ja? Nicht einfach wieder abhauen. Zweimal lass ich mich nicht versetzen. So groß kann eine Liebe nicht sein, dass sie diese Schmach aushält.“

Erst als Ivo im ersten Stock abbog, um zum Physikraum zu gehen, wurde Sara klar, was er eben gesagt hatte.

So groß kann eine Liebe nicht sein …

Was meinte er damit?

Welche Liebe? Liebte er sie denn?

Oder war das wieder nur eine seiner berühmten komischen Nummern?

„Na, wie war die Fete am Samstag?“ Manou tauchte plötzlich neben ihr auf. Das gehörte zu ihren besonderen Eigenschaften, dass sie tagelang kein Wort mit Sara redete und trotzdem immer wusste, was sie gerade trieb.

„Ganz okay“, brummte Sara. Sie wollte Manou abschütteln, aber die hängte sich an sie wie eine Klette.

„Ivo war auch da. Stimmt's?“

„Ja“, sagte Sara knapp.

„Ihr habt was miteinander.“

Sara tippte sich an die Stirn. „Du spinnst.“

„Mensch, lüg doch nicht. Ich hab doch Augen im Kopf. Mir macht das nichts mehr aus. Ich bin drüber weg. Echt.“

Da fiel Sara wieder ein, dass Manou und Ivo ja mal miteinander gegangen waren.

„Ich kenn den Ivo. Wenn der so um ein Mädchen herumschlawinert, dann will er was von ihr. So hat er es bei mir gemacht und danach bei Lilli. Immer die gleiche Masche.“

Sara hatte genug. Sie blieb stehen. „Wenn du es genau wissen willst“, fauchte sie, „dann war ich bis um neun auf der Fete, aber Ivo ist erst um elf gekommen. Reicht das?“

Sie ließ Manou stehen und rannte den Flur hinunter.

15

Sara freute sich richtig, als sie Rita mittags in der Wohnung antraf.

„Ich hab heute frei“, sagte Rita, „da dachte ich, die Wohnung könnte mal ein bisschen Make-up vertragen. Ich hoffe, ich hab nichts durcheinander gebracht von deinen Sachen. Ich hab bloß ein wenig gebügelt. Es hängt alles draußen am Schrank.“

Sara starrte Rita an. Sie hatte einen schwarzen Samtreifen im Haar und die Ärmel ihres Pullovers hochgeschoben. Sie sah richtig nett aus.

„Tut mir Leid, wenn ich dich störe“, sagte Rita plötzlich wieder. „Ich mein es bloß gut.“

„Wieso entschuldigen Sie sich?“ Sara stellte ihren Rucksack ab und ließ ihren Blick durch die Wohnung schweifen. Wann hatte es zuletzt so ausgesehen? „Sie müssen sich doch nicht entschuldigen. Aber Sie müssen auch nicht unsere Wohnung putzen. Ich hätte das schon irgendwann gemacht.“

„Weiß ich doch“, sagte Rita, „ich wollte dir nur ein

bisschen Arbeit abnehmen.“ Sie wartete, ob Sara etwas erwidern wollte, aber die blätterte nur in dem Katalog, der auf dem Tisch lag. „Wenn du Pfannkuchen magst“, sagte Rita, „könnte ich dir welche backen. Es sind Eier da, Milch und Mehl. Das ist aber auch so ungefähr alles.“

„Pfannkuchen?“ Sara schaute vom Katalog auf. „Jetzt? Einfach so?“

„Nur, wenn du willst“, sagte Rita schnell.

„Aber das ist doch eine Mega-Arbeit!“

„Ist es gar nicht.“ Rita lächelte. „Ich komme aus einer großen Familie. Ich habe vier kleine Geschwister gehabt, die musste ich fast alleine großziehen. Was glaubst du, wie viel Pfannkuchen ich in meinem Leben schon gebacken habe? Außerdem siehst du dünn aus. Richtig mager. Wie Haut und Knochen. Hab ich auch zu deinem Papi gesagt. ‚Du kümmerst dich nicht genug um das Mädchen!‘“

Sara setzte sich, stützte den Kopf in die Hände und musterte Rita. „Und was hat Papi darauf gesagt?“

„Ach“, Rita holte die Eier aus dem Kühlschrank, „was Männer so sagen. Er dachte, es macht dir Spaß, so dünn zu sein.“

„Macht es mir ja vielleicht auch“, sagte Sara lauernd.

„Nein, nein, das glaub ich nicht. Ich glaube, du bist ein tapferes Mädel, das viel zu lange versucht hat, allein mit der Trauer und der ganzen Trostlosigkeit fertig zu werden."

Am liebsten wäre Sara jetzt aufgestanden und hätte Rita umarmt. Aber das traute sie sich nicht. Sie kannte die Frau ja noch gar nicht, und sie wusste nicht, wie sich die Sache zwischen ihr und ihrem Vater entwickeln würde. Dennoch, auf einmal war irgendetwas wieder ins Lot gekommen.

„Ein Glück, dass Papi und Sie sich getroffen haben", sagte Sara.

Rita schlug mit dem Schneebesen das Mehl unter die Eier. Sie warf Sara einen prüfenden Blick zu.

„Meinst du das ernst?"

„Ja, ganz ernst."

Rita lächelte. „Und wie wäre es dann, wenn du einfach Rita zu mir sagst? Und du?"

„Was mich betrifft", sagte Sara, „wäre das voll in Ordnung."

Rita wischte die Hände am Geschirrtuch ab und kam um den Tisch herum. Sie legte ihre Hand auf Saras Kopf. „Ich danke dir", sagte sie. Ihre Stimme klang ganz gerührt.

Sara wollte keine Gefühlsseligkeit aufkommen lassen. „Irgendwo muss noch ein Glas Kirschen sein", sagte sie.

16

Ivo wartete vor dem Eingang zum Filmklub. Er lehnte an der Plakatwand und drehte eine Zigarette zwischen den Fingern.

Sara war ganz außer Atem, als sie auf ihn zulief.

„Entschuldige“, keuchte sie, „aber Rita wollte unbedingt, dass ich ihr das Album mit den alten Fotos zeige.“

Ivo warf die Zigarette in eine Pfütze. „Du kommst genau zwölf Minuten zu spät“, sagte er.

„Komm, reg dich nicht auf, ja? Der Film hat noch nicht angefangen.“ Sie hatte mit einem Blick gesehen, dass die Türen noch offen waren.

Ivo schmollte immer noch. „Ich hasse es, auf euch Frauen zu warten. Mann, ihr steht stundenlang vor dem Spiegel und fummelt irgendwas an eurem Gesicht rum und glaubt auch noch, dass wir so was merken. Oder dass ihr dadurch irgendwie toller ausseht. Für mich ist eine Frau toll, wenn sie mich nicht wie einen Idioten ständig warten lässt.“

Sara knuffte ihn in die Seite. „Sei nicht sauer“, flüsterte sie. „Ich bin gerade so gut gelaunt.“

„Weil du alte Fotos geguckt hast? Wer ist denn überhaupt diese Rita?“

„Papis neue Freundin. Erzähl ich dir irgendwann. Aber sie ist okay. Gestern gab es Hühnerfrikassee und heute Pfannkuchen. Mann, so bin ich seit Jahren nicht verwöhnt worden. Und meine Blusen hat sie auch gebügelt. Wie findest du das?"

„Klasse. Aber wenn ich dir eine Cola spendieren will oder mit dir tanzen, löst du dich in Luft auf. Von mir willst du nichts."

„Stimmt doch gar nicht", sagte Sara.

„Nein? Was denn?" Ivo steckte die Hände in die Hosentaschen.

Wahrscheinlich, dachte Sara, weil er nicht weiß, was er damit machen soll, vor lauter Verlegenheit.

„Jetzt zum Beispiel", sagte Sara fröhlich, „bin ich hier, um mit dir ins Kino zu gehen. Hast du die Karten?"

Ivo nickte.

„Also, warum gehen wir nicht rein?"

„Keine Ahnung." Ivo grinste jetzt auch.

Der kleine Saal des Filmklubs war höchstens zu einem Drittel besetzt. Die Klappsessel mit den roten Plüschbezügen waren hochgeklappt, und der Vorhang aus gelber Seide wurde von Scheinwerfern angestrahlt. Werbung gab es nicht.

Sie setzten sich in die Mitte der achten Reihe. Sara zog ihren rechten Schuh aus, weil der Ballen immer noch entzündet war. Irgendwann musste sie ihn mal ganz lange in warmer Seifenlauge baden. Als sie den Schuh abstreifte, dachte sie flüchtig an Hunter. Ob er wohl heute im Jugendzentrum war?

Aber sie wollte sich von dem Gedanken an ihn nicht die Stimmung vermiesen lassen. Gemütlich räkelte sie sich in dem Sessel. Ivo zog aus der Hemdtasche eine kleine Tüte mit Gummibärchen. „Magst du so was?“

Sara strahlte. „Supergerne.“

„Gut, Augen zu.“

Sara schloss die Augen.

„Mund auf.“

Sara öffnete den Mund. Ivo legte ihr ein Gummibärchen auf die Zunge und berührte dann sanft ihre Lippen. „Kannst wieder zumachen. Sonst erkältet der Teddy sich.“

Sie saßen mit ausgestreckten Beinen und aßen fast die ganze Tüte leer. Sie redeten über die Schule, über Filme, gute und schlechte, und musterten jeden, der nach ihnen kam und sich womöglich in eine vordere Reihe setzte, um ihnen die Sicht zu nehmen. Es waren ein paar Leute aus höheren Klassen da, aber auch Erwachsene, vielleicht Mitglieder des Filmklubs. Irgendjemand musste das alles ja finanzieren.

Endlich ging das Licht aus. Die Türen blieben geöffnet, aber der Vorhang wurde zurückgezogen, und der Vorspann lief.

Ivo rutschte etwas näher an Sara heran. „Kannst deinen Kopf ruhig anlehnen, wenn du magst“, sagte er großzügig.

Sara suchte im Dunkeln nach der Gummibärchentüte. Ivo nahm ihre Hand und hielt sie fest.

„Was ist?“, flüsterte Sara.

„Gar nichts. Ich wollte bloß sagen, ich find’s klasse, dass wir beide hier sitzen. Ich hab gedacht, ich krieg das nie mehr hin.“

„Wieso?“, flüsterte Sara.

„Weil du anscheinend nie merkst, dass ich dich gut finde.“

Hinter ihnen beugte sich eine Frau nach vorn und tippte Sara auf die Schulter. „Wenn ihr euch unterhalten wollt, geht doch raus.“

Ivo legte seine Finger auf die Lippen. Sara lächelte glücklich. Sie lehnte ihren Kopf an Ivos Schulter. Jetzt konnte die Frau gar nichts mehr sehen und rückte schimpfend zwei Sitze weiter. Sara kicherte. Ivo schob ihr noch ein Gummibärchen zwischen die Lippen. Oh Mann, dachte sie, ist das schön.

Als die Lichter wieder angingen, löste Sara verstohlen ihre Finger aus Ivos Hand.

Auch Ivos Lächeln war ein bisschen unsicher. Der Film hatte eine Stunde gedauert, aber sie hatten nicht allzu viel davon mitbekommen. Sie hatten sich ziemlich oft geküsst. Irgendwie konnte Sara ihr Glück gar nicht fassen. Noch am Samstag hatte Ivo ihr nur eine Cola spendieren und mit ihr Salsa tanzen wollen. Er war derjenige, der immer wieder beim Tischtennis gegen sie verloren und schließlich frustriert aufgegeben hatte. Und jetzt? Wenn ich nicht so durcheinander wäre, dachte sie, könnte ich vielleicht darüber lachen.

Ivo schob Sara sanft vor sich über den roten Teppichboden in Richtung Ausgang her. Dabei pustete er ihre Haare im Nacken auseinander.

„Hey, das kitzelt.“ Sara kicherte. „Und wenn du mich an der Taille anfasst, kitzelt das auch.“

„Wo darf man die Lady denn überhaupt anfassen?“, fragte Ivo. Sein Mund war ganz nah an ihrem Ohr. Fast wäre Sara damit herausgeplatzt, dass auch ihre Ohren besonders kitzlig waren.

„Am besten gar nicht“, sagte sie, „das ist am sichersten.“

Ivo ließ sie sofort los. „Oh Mann, wie langweilig die sicheren Sachen sind.“ Sie lachten.

Genau in dem Augenblick trat Hunter aus der letzten Sesselreihe. Er sah blaß aus und hatte Ringe unter den Augen. Aber er grinste böse. „Aha, hier gibt’s was zu lachen“, sagte er. „Kann man mitlachen?“

Sara war wie vom Donner gerührt. Alles, alles fiel ihr wieder ein, was sie bis eben erfolgreich verdrängt hatte. Hunters Wohnung, das Bad, das Schlafzimmer, die Dachterrasse, der Kimono, Hunters nackte Zehen an ihren Beinen, seine Fingerspitzen an ihrem Ausschnitt … – und dieser Blick …

„Hey, Hunter, du hier? War doch ein cooler Film, findest du nicht?“, sagte Ivo fröhlich.

Er war völlig arglos. Er bemerkte nicht, was zwischen Sara und Hunter geschah.

Sara räusperte sich. „Hallo, was machen Sie denn hier?“, fragte sie.

Hunter zuckte zusammen. „Aha“, sagte er, „man ist wieder beim Sie.“

Sara reagierte darauf nicht. Zu dritt traten sie in den Vorraum. Ivo nickte Hunter freundlich zu.

„Also dann, noch einen schönen Nachmittag.“

„Was … was habt ihr denn vor?“, fragte Hunter so beiläufig wie möglich. „Ich könnte mich ja vielleicht einklinken.“

„Wieso? Haben Sie heute frei?“, fragte Sara argwöhnisch.

„Eigentlich nicht. Ich hab heute den ganzen Tag Akten aufgearbeitet. Dann war ich kurz im Jugendzentrum. Und da hab ich am schwarzen Brett die Ankündigung gesehen, dass heute die Charlie-Chaplin-Woche anläuft …“

Sara dachte, warum erzählt der das alles? Warum redet er so viel? Warum lässt er uns nicht einfach in Ruhe?

Ihre schöne Stimmung war verflogen. Aber Ivo merkte immer noch nichts.

„Ich muss nach Hause“, log Sara, um Hunter endlich loszuwerden.

„Nach Hause?“, fragte Ivo enttäuscht. „Wieso denn das auf einmal?“

„Okay, prima.“ Hunter zog seinen Autoschlüssel aus der Tasche. „Ich bring dich. Ich fahre sowieso in die Richtung. Wir sehen uns dann morgen, Ivo. Ciao.“ Er legte Sara die Hand auf die Schulter und steuerte sie so von Ivo unbemerkt durch das Foyer.

Ivo blieb verdutzt zurück. „Hey“, rief er, „Sara, ich dachte ...“

Sara wollte sich zu Ivo umdrehen, aber Hunter hielt ihren Oberarm fest wie in einem Schraubstock. „Du kommst mit“, zischte er. „Oder glaubst du, ich guck mir das länger an, wie du hier eine Schau abziehst?“

„Was denn für eine Schau?“ Sara versuchte sich loszureißen. Aber Hunters Griff war eisern.

„Du hast doch genau gewusst, dass ich da hinten sitze. Deshalb hast du diesen Blödmann abgeknutscht.“

Sara hatte ein Gefühl, als ob sie keine Luft mehr bekäme. Sie hatte Angst.

Sara riss sich heftig los und rannte zurück. Ivo hantierte mit seinem Fahrradschloss. Er war sauer, das sah sie von weitem.

„Ivo", keuchte Sara, „kannst du mir helfen?"

Ivo richtete sich auf. Grimmig fragte er: „Helfen? Wobei?"

Aber da war Hunter schon wieder bei ihnen. Er lächelte. Und Sara dachte, wieso ist mir nie aufgefallen, was er für ein falsches Lächeln hat?

„Ich wollte noch einmal mit dir zur Polizei", sagte Hunter. „Es gibt da eine neue Spur. Du weißt schon, der Fahrraddieb. Ich habe einen Hinweis bekommen."

Ivo grinste. „Mann, klingt ja wie ein schlechter Krimi."

Sara warf Ivo einen flehenden Blick zu, aber er reagierte nicht. Er war arglos. Er verstand nicht, was wirklich geschah.

„Außerdem", Hunter legte betont väterlich seinen Arm um Saras Schultern, „habe ich noch eine Überraschung für dich."

Sara versteinerte, als sie Hunter so nah an ihrem Körper spürte.

„Willst du nicht wissen, was für eine Überraschung das ist?"

Sara schüttelte den Kopf. „Ivo", sagte sie hastig, „wir könnten doch noch ..."

„Nichts da. Der Polizist, der mir den Tipp gegeben hat, ist nur bis sechs Uhr da." Er nickte Ivo zu. „Mach's gut, Ivo."

Ivo warf Sara einen Blick zu. Er zögerte. Plötzlich

kam ihm alles merkwürdig vor, das merkte Sara. Und dennoch passierte nichts. Sie tat nichts, um aus dieser Situation herauszukommen, und Ivo ließ geschehen, was geschehen sollte.

„Bis morgen, Sara“, sagte er. Und drehte sich um.

Das darf alles nicht wahr sein, dachte Sara. Ein Albtraum. Ihr Instinkt sagte ihr, dass das alles nicht gut gehen konnte. Hunter war so aufgedreht. Er stand total unter Strom. Sie glaubte kein Wort von dem, was er sagte. Von wegen Polizei. Das war sicher das Letzte, wo er hinwollte.

Sie standen vor seinem Auto. Sara sah, wie Ivo sich auf sein Rennrad schwang und davonradelte. An dem Rad gab es keinen Gepäckträger. Ivo hätte sie gar nicht mitnehmen können. Vielleicht hatte er sie deswegen einfach ziehen lassen.

Aber vielleicht war ihm auch alles egal. Vielleicht waren diese Küsse im Kino ohne Bedeutung gewesen. Vielleicht gehörte Ivo zu den Typen, die im Kino immer knutschten. Manou hatte ihr davon erzählt, wie Ivo und sie sich auch im Kino verliebt hatten. Als sie „Titanic“ geguckt hatten. Das fiel Sara in diesem Augenblick wieder ein. Ihr wurde übel.

„Steig ein“, sagte Hunter, „der Wagen ist offen.“

„Mir ist schlecht“, sagte Sara, „ich geh lieber zu Fuß.“

„Steig endlich ein“, sagte er und stieß Sara in den Wagen.

Er gab Gas. Sie preschten aus der Parklücke heraus, dass Saras Kopf gegen die Nackenstütze geschleudert wurde.

„Bist du verrückt?“, schrie Sara.

Hunter schwieg. Mit zusammengepressten Zähnen steuerte er den Wagen durch den Verkehr.

„Lass mich raus!“, schrie Sara.

„Später“, sagte Hunter, „später.“

Er erhöhte das Tempo. Er fuhr wie ein Verrückter. Saras Angst steigerte sich von Sekunde zu Sekunde. „Halt an!“, schrie sie.

„Jetzt nicht“, zischte Hunter.

„Ich will aber nicht! Ich will nicht, verdammt noch mal. Lass mich endlich raus!“

Hunter fuhr die Ausfallstraße nach Süden, eine vierspurige Schnellstraße. Immer auf der Überholspur.

„Glaubst du, dass ich mir so was von einem Mädchen gefallen lasse?“, zischte er. „Ich bin Sozialarbeiter im Jugendamt! Ich hab studiert! Ich bin beauftragt mit der Leitung der Abteilung Berlin Mitte. Der Bürgermeister hat mir die Urkunde gegeben, persönlich! Und du kleine Schlampe willst mir sagen, was ich zu tun oder zu lassen habe?“

Er trat auf die Bremse. Saras Körper flog nach vorn. In der letzten Sekunde konnte sie sich am Armaturenbrett abstoßen, sonst wäre ihr Kopf gegen die Windschutzscheibe geprallt.

„Schnall dich an“, schrie Hunter.

„Wie denn? Wenn du so rast!“, schrie Sara zurück.

Er bog in eine Parkbucht ein. Von dort aus führte ein Sandweg in den Wald. Auf einem kleinen Hinweisschild stand: *Badesee.*

Sie fuhren den Weg entlang. Der Wald, ein Buchenwald, war dunkel und feucht vom letzten Regen. Sara war noch nie dort gewesen.

„Bitte, lass mich gehen“, rief sie. „Ich muss nach Hause.“

„Ach“, höhnte Hunter, „zu deinem Säufer-Vater? In die Müllwohnung? Auf einmal? Sonst konntest du doch nicht weit genug weg sein von zu Hause.“

Sara musste plötzlich an Rita denken. Für einen winzigen Augenblick sah sie Rita vor sich, wie sie die Pfannkuchen buk. Das Sonnenlicht in der Küche. Ihre Blusen, die gebügelt im Kleiderschrank hingen.

An einem kleinen Picknickplatz auf einer Waldlichtung brachte Hunter das Auto zum Stehen. Er legte die Hände in den Schoß. Er wartete.

„Wo sind wir hier?“, fragte Sara.

„Jablonsker See“, knurrte Hunter.

Sara wollte aussteigen, aber Hunter hielt sie fest. Es erinnerte sie an den gestrigen Abend. Ihre Panik wuchs. Hunter wurde ihr immer unheimlicher. Ein Fremder.

Wieso hatte sie einmal geglaubt, dass sie ihm vertrauen konnte? Dass er derjenige war, der ihr aus ihrer Misere heraushelfen würde? Wieso war sie so dumm gewesen, ihm mehr zu vertrauen als ihrem Vater?

„Ich will raus!" Sara flehte fast. „Bitte, mir ist schlecht. Ich möchte an die frische Luft."

„Hier gibt es keine frische Luft", sagte Hunter grimmig. „Das Chemiewerk da drüben verpestet seit Jahrzehnten die Gegend. Siehst du nicht, wie gelb die Luft ist? Alles Schwefel."

„Hunter", Sara räusperte sich, versuchte, Klarheit in ihren Kopf zu bringen. Ich muss ihn irgendwie beruhigen, dachte sie fieberhaft. Ihn in Sicherheit wiegen. Damit er mich nach Hause bringt. Sie holte tief Luft und sagte: „Das wegen gestern tut mir Leid."

„Was genau?", fragte Hunter.

„Das … das … ich meine, dass ich weggelaufen bin."

„Aha. Und was noch?"

„Ja, und meine Schuhe, die hab ich vergessen."

Hunter schaute sie jetzt an. Seine Augen brannten. Er sah ganz merkwürdig aus.

„Deine Schuhe sind im Kofferraum", sagte Hunter, „die kannst du zurückhaben."

„Oh", Sara rang sich ein Lächeln ab, „danke. Nett, dass du daran gedacht hast."

Ganz verstohlen schob sie ihre Hand zum Türgriff. Als die Tür nachgab, spürte sie seine Hand auf dem Oberschenkel. „Lass den Blödsinn", sagte er sanft. „Mach sie wieder zu."

Sara zitterte. Sie konnte nichts dagegen tun.

„Was ist mit dir los, Sara?", fragte Hunter.

Sara schüttelte nervös den Kopf. „Nichts, nichts." Hastig fügte sie hinzu. „Rita wartet."

„Rita?" Hunter hob amüsiert die Augenbrauen. „Ist das die Freundin deines Vaters?" Als Sara beklommen nickte, fügte er hinzu: „Die mit den dünnen Haaren? Und den dicken Knien?"

Sara schämte sich, dass sie so über Rita mit Hunter geredet hatte. „Sie ist sehr nett", sagte sie schnell, als könnte sie damit etwas wieder gutmachen. „Ich hab ihr gesagt, ich komme heute früh nach Hause."

„Oh, die glückliche, harmonische Familie. Reizend." Hunters Stimme troff vor Zynismus.

Warum passiert mir das alles?, dachte Sara verzweifelt. Ivo. Hunter. Das eine, was so schön ist. Und dieses hier …

„Hab ich dir etwa was getan?", fragte Hunter nach einer Weile, in der er schweigend mit geschlossenen Augen dagesessen hatte. Er hob die Lider und schaute sie an.

„Nein", flüsterte Sara.

„Na also."

„Was willst du von mir? Wieso fahren wir nicht

zurück? Warum hast du mich gestern in deine Wohnung geholt?", flüsterte Sara weiter.

„Weil ich mich für dich verantwortlich fühle", sagte Hunter. „Weil es zu meinen Aufgaben gehört, Mädchen wie dich davor zu bewahren, dass sie auf die falsche Bahn kommen."

„Ich kann schon auf mich selbst aufpassen!", erwiderte Sara lauter. Der Widerstand regte sich wieder in ihr.

Hunter lachte. „Das glaubst du wirklich? Was machst du denn, wenn ich dich jetzt küsse? Was machst du dann?"

„Ich schreie, wenn du mich anfasst!"

Hunter schaute auf ihren Mund. Saras Herz klopfte wild, als sie diesen brennenden Blick bemerkte.

„Ich schrei, so laut ich kann."

Er nahm seine Augen nicht von ihren Lippen.

„Niemand wird dich hören", sagte er sanft. „Und niemand wird dir glauben, wenn du was erzählst. Ich hab einen guten Ruf in der Behörde. Bei den Vorgesetzten. Sie schätzen meine unkonventionelle Art, Probleme anzupacken. Das habe ich schon im Studium bewiesen, während der Ausbildung. Ich war bei allen Kids beliebt. Das weiß jeder. Ich habe nie meine Pflichten vernachlässigt. Mich kann man 24 Stunden, rund um die Uhr, anrufen und um Hilfe bitten. Ich bin der Hoffnungsträger im

Jugendamt." Er lachte. „Du solltest dankbar sein, dass ich mir mit dir so viel Mühe gebe. Dass du von mir so viel Zuwendung bekommst. Andere würden sich das wünschen."

„Dann tu es doch!", schrie Sara. „Tu es doch! Aber lass mich in Ruhe! Ich will nach Hause! Nach Hause!"

„Okay", sagte er plötzlich ganz ruhig, „ich bring dich nach Hause. Reg dich nicht auf."

Hunter ließ den Motor wieder an und lenkte den Wagen auf die Straße zurück.

Sie sprachen kein Wort, bis sie vor Saras Wohnung anhielten. Sie stieg wortlos aus, ging zum Kofferraum. Er ließ sich nicht öffnen.

Hunter saß reglos hinter dem Steuer. Sara ging zu seiner Tür, riss sie auf, streckte die Hand aus.

„Der Schlüssel."

„Was für ein Schlüssel?", fragte Hunter mit gespielter Ahnungslosigkeit.

„Der Kofferraum, ich will meine Schuhe."

Hunter lächelte. „Die behalte ich. Als Pfand. Grüß deinen Vater von mir. Und lass die Wagentür los. Ich geb Gas."

Sara trat einen Schritt zurück. Hunter schoss aus der Parklücke. Im nächsten Augenblick nahm ihr ein Lastwagen die Sicht.

17

Es war niemand in der Wohnung. Sara riss sich alle Sachen vom Körper und stellte sich unter die Dusche. Lange. Das Telefon klingelte. Sie ließ es klingeln.

Sie stellte den Wasserhahn ab, nahm ein Handtuch und rubbelte sich trocken.

Das Telefon klingelte wieder. Sie wickelte sich in das Handtuch und lief in den Flur. Sie nahm den Hörer.

„Ja? Hallo?“, rief sie atemlos.

„Hey, du bist ja doch zu Hause.“

Das war Ivo.

Sara war so erleichtert und dankbar, seine Stimme zu hören, dass ihre Knie nachgaben. Sie rutschte an der Wand einfach auf den Boden.

„Ivo!“

„Du sprichst das aus, als wär ich Jesus.“

Sara lächelte glücklich. „Es ist so schön, dass du anrufst.“

„Ich hab schon dreimal angerufen.“

„Eben stand ich unter der Dusche.“

„Schon vorher. Ich wollte hören, was bei der Polizei rausgekommen ist.“

„Da waren wir gar nicht“, sagte Sara.

Ivo schwieg verblüfft.

„Ivo“, sagte Sara, „ich muss dir was erzählen. Aber ich hab Angst, dass du mir nicht glaubst.“

„Wieso soll ich dir nicht glauben?“

„Weil es eine Geschichte ist, die man nicht glauben kann.“

„Lass mich raten“, sagte Ivo, „du hast einen Außerirdischen kennen gelernt, und in den bist du verliebt, und deshalb kann aus uns beiden nichts werden.“

Sara lachte leise. „Falsch.“

„Okay, was anderes. Du hast das Vorderrad auf dem Dachgepäckträger eures Vordermannes entdeckt, als du mit Hunter im Auto gesessen hast.“

„Falsch.“

„Du hast im Lotto gewonnen.“

„Ivo, hör auf mit dem Blödsinn.“

„Dein Onkel heißt Dagobert und lebt in Amerika auf einem Berg von Goldbarren.“

Sara schwieg.

„Hey, du sagst ja nichts.“

„Ivo, ich muss mit dir reden, ernsthaft. Ich … ich bin in einer so blöden Situation … ich weiß überhaupt nicht …“ Auf einmal kamen Sara die Tränen. „Kannst du mir helfen, Ivo?“

„Jetzt?“, fragte Ivo.

„Ja.“

„Soll ich zu dir kommen?“

„Wenn du Zeit hast.“

„Bleib, wo du bist, in zehn Minuten steh ich bei dir auf der Matte.“ Ivo hängte auf.

Es klingelte schon acht Minuten später. Sara hatte sich die Tränen abgewischt, ihre Haare gekämmt. Sie lächelte, als sie die Tür öffnete. „Bist du geflogen?“

„Klar, ich hab den Aerospace-Gang eingeschaltet.“ Er zwängte sich durch die Tür. „Rede schon. Was ist los?“

Sara führte ihn in ihr Zimmer. Ivo war noch nie bei ihr zu Hause gewesen, warum auch. Als er noch mit Manou befreundet gewesen war, hatten sie sich manchmal bei Manou getroffen. Aber Sara hatte es mit der Zeit langweilig gefunden, den beiden zuzusehen, wie sie miteinander knutschten. An ihrem Geburtstag hatte sie eigentlich eine Party machen wollen, das war mit ihren Eltern lange vorher abgesprochen. Aber als ihre Mutter so krank wurde, hatte sie von selbst auf die Fete verzichtet. Es war ein trauriger Geburtstag gewesen.

„Schöne Bude“, sagte Ivo anerkennend, als er sich auf Saras Sessel fläzte. „Hier kann man’s aushalten.“

„Gestern sah es hier noch anders aus. Aber inzwischen ist aufgeräumt.“

„Brave Tochter.“ Ivo grinste.

Sara schüttelte den Kopf. „Hab ich nicht gemacht, das war Rita."

„Die neue Freundin deines Vaters, stimmt's?"

Es dauerte eine ganze Weile, bis Sara den Mut fand, die Geschichte mit Hunter zu erzählen. Ivo hörte zu, den Oberkörper vorgebeugt, gespannt und aufmerksam.

„Und jetzt", sagte Sara, „hab ich Angst vor dem Typen."

Eine Weile sagte Ivo nichts. „So ein Schwein. Alle im Jugendzentrum denken, dass du in ihn verknallt bist. Dass du mit ihm abgehauen bist von der Disko, das wissen längst alle."

„Ich wollte aber überhaupt nicht!", schrie Sara wütend. „Ich wollte viel lieber dableiben und auf dich warten!"

„Hast du ihm das gesagt?"

„Ja!" Sara wusste, dass es eine Lüge war. Sie hatte nichts gesagt, sondern war wie ein Schaf hinter Hunter hergetrottet. Sie hätte sich dafür ohrfeigen können.

„Vielleicht hast du es ihm nicht deutlich genug gesagt." Ivo schaute sich um. „Darf man hier rauchen?"

„Wenn's sein muss. Aber warte, ich hol einen Aschenbecher aus der Küche."

Als Sara zurückkehrte, hielt Ivo die Zigarette schon in der Hand. Er stand vor ihrer Pinnwand und deutete auf einen Zettel. „Du hast das aufgeschrieben“, sagte er, „komisch.“

Sara hatte ihn völlig vergessen. Es war ein Blatt aus ihrem Ringbuch, mit Karomuster, und sie hatte einen Tischtennisschläger gemalt und einen Ball und daneben geschrieben:

12. 4.: Tischtennis mit Hunter – 21:13: ein Satz
23. 4.: 2 Sätze: 1:1
5. 5.: 3 Sätze: 3:2 für Hunter (er ist gut)

Sara riss den Zettel von der Wand und knüllte ihn zusammen. „Das hab ich aus Blödsinn geschrieben.“

„Und hier.“

Ivo tippte auf die Einladung zur Disko in dem evangelischen Freizeitheim. Da hatte sie quer über das Blatt mit einem roten Filzstift geschrieben: *Ob er auch kommt?*

Ivo nahm ihr den Aschenbecher ab und zündete umständlich die Zigarette an. Sara sagte nichts, ihr Herz schlug.

„Wen hast du damit gemeint. Wer ist ‚er‘?“

Sara hockte sich auf ihr Bett, die Knie an den Bauch gezogen, und starrte vor sich hin. „Sag ich nicht.“

„Damit hast du doch ihn gemeint, Hunter.“

„Nein, habe ich nicht.“

„Wen denn?“

Sara starrte Ivo an. „Ich sag es nicht.“

Ivo rauchte, starrte auf die Pinnwand und

schwieg, bis Sara auch diesen Zettel abriss, zusammenknüllte und in den Papierkorb warf.

„Ich frag mich nur", sagte Ivo, „warum du mir diese Story auftischst. Was bezweckst du damit?"

„Das ist keine Story, sondern die Wahrheit. Der Typ ist gefährlich. Ich müsste den anzeigen."

„Tu's doch", sagte Ivo kalt.

„Und wie? Und bei wem? Mann, mir glaubt doch kein Mensch. Wenn du den gehört hättest, der kennt Leute ganz oben. Den Bürgermeister! Wenn ich da erzähle, was passiert ist – das glaubt mir doch keiner."

Ivo drückte die Zigarette aus. „Weißt du was, ich glaub dir auch nicht. Ich glaub eher, dass du dir da was zusammenfantasierst."

„Wieso sollte ich so was Blödes tun?", schrie Sara verzweifelt.

„Das weiß ich doch nicht. Entweder bist du doch in den Typen verknallt, oder du willst mich in irgendwas reinziehen. Aber ich lass mich in nichts reinziehen. Kapiert?"

Er ging zur Tür. Hilflos schaute Sara ihm nach.

Ivo drehte sich noch einmal betont lässig um. „Ach übrigens, was im Kino heute war: Vergiss das lieber. Ich hab dich nicht geküsst und nichts gesagt, was auf irgendetwas hindeuten könnte. Kapiert?"

„Das ist nicht dein Ernst", flüsterte Sara. Die Tränen schossen ihr in die Augen. „Wieso bist du auf einmal so gemein? Wieso glaubst du mir nicht?"

Ivo kam zurück. Er blieb vor ihr stehen. Er steckte die Hände in die Hosentaschen. „Jetzt erzähl ich dir mal was. Heute, als ich aus dem Kino kam, hab ich zu meiner Mutter gesagt: ‚Ich hab mich verknallt!'"

Sara hob den Kopf. Sie lächelte zaghaft.

„Ich hab meiner Mutter so was nie erzählt. Nur dieses Mal. Irgendwie, dachte ich, es ist ernst. Du weißt, dass ich eine ganze Weile daran gearbeitet hab. Ich fand dich schon gut, als ich noch mit Manou zusammen war. Jedenfalls hab ich Idiot meiner Mutter heute Nachmittag gesagt: ‚Ich hab mich verknallt. Sie heißt Sara und ist einfach toll.'"

Saras Gesicht glühte. Sie wischte die Tränen weg.

„Und weißt du, was meine Mutter gesagt hat: ‚Woher kennst du sie denn?' – ‚Aus dem Jugendzentrum', hab ich gesagt. ‚Ach', meinte meine Mutter, ‚das Jugendzentrum. Die Mädchen, die da rumlaufen, die taugen doch alle nichts!'"

Sara schnappte nach Luft. „Das hat sie gesagt?"

Ivo nickte. „Das hat sie gesagt. Und weißt du was? Sie hatte Recht."

Ivo wandte sich um und ging.

Sara hörte, wie die Haustür zuschlug.

Sie hatte keine Kraft, aufzustehen und ans Fenster zu gehen, um zu sehen, wie Ivo mit seinem Rad davonfuhr.

Sarah lag die ganze Nacht wach. Sie konnte nicht zur Ruhe kommen. Sie war so aufgewühlt. Ivo glaubte ihr nicht. Und seine Mutter sagte: „Die Mädchen im Jugendzentrum taugen alle nichts."

Na ja, auf manche traf das vielleicht zu. Aber auf sie? Okay, dachte Sara, ich geh da einfach nicht mehr hin. Aber dann dachte sie: Und was ist mit Ivo? Wieso ist es etwas anderes, ob ein Junge ins Jugendzentrum geht oder ein Mädchen?

Und sie dachte an Hunter und an ihre Sandalen, die immer noch in seinem Kofferraum lagen. Die Sandalen waren das Letzte, was ihre Mutter für sie gekauft hatte. Ganz teure Dinger. Sie hatte sie immer nur zu besonderen Gelegenheiten angezogen. Sie waren praktisch wie neu. Sara wollte sie so lange wie möglich als eine Erinnerung an ihre Mutter behalten. Aber jetzt lagen sie in Hunters Kofferraum. Als Pfand.

Ich werd verrückt, dachte Sara, ich werd verrückt.

Wie kann ich Ivo beweisen, dass ich mir die Geschichte nicht ausgedacht habe?

Und dann stellte sie sich wieder vor, wie Ivo nach Hause kam und seiner Mutter sagte: „Ich hab mich verknallt. Sie heißt Sara und ist einfach toll."

Wieder musste Sara weinen. So laut, dass sie das Kissen auf das Gesicht drückte. Aber einschlafen konnte sie immer noch nicht.

Ich brauche einen Plan, dachte sie, irgendeinen

Plan. Bitte, lieber Gott, hilf mir, gib mir doch eine Idee …

Und dann fiel ihr ein, dass sie gar nicht getauft war und nicht konfirmiert, und sie überlegte, ob Gott überhaupt Leute anhörte, die nicht in der Kirche waren.

Als sie sich am Morgen im Spiegel ansah, war ihr Gesicht ganz geschwollen. Sie presste einen eiskalten Waschlappen auf die Augen und drückte so lange, bis sie die Kälte an den Augäpfeln spürte.

Einen Plan, dachte sie, ich brauche einen Plan.

18

Seit Beginn des Monats lastete eine drückende Hitze über der Stadt. In drei Tagen würden die Ferien beginnen, und die Leute hatten kein anderes Thema mehr als Urlaub. Sonne, Sand, Meer, Berge, Kanu fahren, campen in Italien, trampen nach Portugal.

Nur die, die so wenig Geld hatten wie Sara, blieben zu Hause. Sie hatte erfahren, dass Ivo mit Mohammed nach Skandinavien fahren wollte. Auf eine Paddeltour durch die schwedischen Seen. Sie beneidete ihn glühend. Sie wünschte, sie könnte mit den beiden fahren. Aber daran war nicht zu denken. Ivo hatte seit Wochen kein Wort mehr mit ihr gesprochen. Er behandelte sie wie Luft. Wenn sie auf dem Pausenhof in seine Richtung ging, wandte er sich ab und stapfte davon. Jedes Mal.

Einmal hatte sie sich ins Jugendzentrum getraut, zu einer Uhrzeit, wo Hunter, wie sie wusste, ganz bestimmt nicht da sein würde. Als sie da so auf der Schaukel im Hinterhof saß, tauchte plötzlich Ivo auf. Sie waren ganz allein. Tapfer rief Sara: „Hallo, Ivo. Kannst du mir Anschwung geben?“

Ivo blickte sie nur den Bruchteil einer Sekunde

an. Dabei hatte sie sich besonders schön gemacht. Mit ihrem Sommerkleid. Leider trug sie nicht die Sandalen dazu. Die waren immer noch in Hunters Kofferraum.

Ivo wandte sich wortlos ab, durchquerte den Hinterhof und flankte lässig über das Eisengitter. Sara sah, wie er sich auf den Rennsattel schwang und davonraste, als hätte sie die Pest, als dürfte er keine Sekunde mit ihr die gleiche Luft atmen.

Danach war sie nicht mehr hingegangen.

Aber heute hatte Rita ein winzig kleines Diktiergerät mitgebracht. Sie wollte, dass Sara und ihr Vater einen Glückwunsch für ihre Mutter aufs Band sprachen. Die alte Dame war blind und lebte in Süddeutschland. Das Gerät war kleiner als ein Handy.

Man konnte es überall am Körper verstecken. Es würde überhaupt nicht auffallen.

In dieser Nacht schmiedete Sara endlich einen Plan. Einen riskanten Plan. Aber wenn er funktionierte, war er gut …

Am Ende der Testorpstraße, in der Hunters Wohnung war, gab es einen eingezäunten Kinderspielplatz. Hier saßen die Frauen neben den Kinderkarren und Babywagen, mit Zeitungen, Büchern, Strickzeug und Nuckelflaschen, im Schatten der Sträucher und passten auf ihre Babys auf, die im Sandkasten buddelten.

Es gab auch eine Rutsche, ein Reck und einen großen Abfalleimer zwischen zwei Bänken, die über und über mit Farbe beschmiert waren, als hätte jemand alle seine Farbtuben darauf ausgedrückt und alles mit der Handfläche verschmiert.

Die Bänke waren unbesetzt.

Sara brauchte eine Weile, bis sie in dem hohen Drahtgitterzaun die Tür fand, die in den Spielplatz führte.

Sie hatte ihren Rucksack dabei, voll gestopft mit Büchern und Musikkassetten.

Rita hatte sich zwar gewundert, warum Sara noch zwei Tage vor den Schulferien so eifrig tat, aber sie hatte nichts gesagt.

Rita wohnte jetzt von freitags bis dienstags bei ihnen. Am Wochenende machten sie manchmal zusammen Ausflüge, denn Rita hatte ein Auto. Dann durfte Saras Vater fahren und das Ziel bestimmen, und Sara merkte, wie seine Lebensgeister wiederkehrten, wenn er hinter dem Steuer saß. Vor jedem Ausflug stieg er mit einem Eimer und Putztuch die Treppen herunter und wusch die Scheiben des Autos. Manchmal nahm er auch den Handstaubsauger, um den Innenraum zu säubern. Sara begriff nicht, warum ihr Vater das Auto so liebevoll pflegte, wo er im Haus nie etwas tat.

Rita sagte, die meisten Männer seien so. Als wäre das eine Antwort.

Hunters Auto hingegen hatte eher so ausgesehen wie Saras Wohnung, bevor Rita in ihr Leben getreten war. Müll auf dem Fußboden und der Rückbank. Akten, herumfliegende Zettel, Werkzeug und Sportsachen.

„Wann kommst du zurück?", hatte Rita gefragt, als Sara die Wohnung verlassen wollte.

Sie hatte einen Augenblick gezögert. Es war völlig unklar, wann sie zurückkommen würde. Es war ja auch unklar, ob ihr Plan überhaupt funktionierte.

Rita deutete ihr Zögern falsch. Sie dachte, Sara fühle sich ausspioniert. Schnell sagte sie: „Du kannst doch machen, was du willst, weißt du doch."

„Klar", sagte Sara.

„Ich frage nur, weil wir heute Abend Lasagne machen wollen und weil du gesagt hast, dass du Lust hättest, das Rezept zu lernen."

„Stimmt", sagte Sara, „hab ich auch. Aber ich weiß echt nicht, wie lange es dauert."

Rita hatte sie angeschaut. Aber nichts gesagt. Und Sara hatte zum ersten Mal Rita einen kleinen flüchtigen Kuss gegeben und „Tschüss" gemurmelt, bevor sie die Treppen runtergerannt war.

Jetzt saß sie auf der Bank auf dem Spielplatz und versuchte, eine Geschichte von Thomas Mann zu lesen. Ihr Deutschlehrer hatte gesagt, dass Thomas Mann sehr spannend sei. Aber sie konnte sich auf keine einzige Zeile konzentrieren.

In der Sandkiste schlug ein Mädchen mit der Schaufel einem Jungen auf den Kopf. Der Junge kreischte los, und die Mütter stürzten beide zur Sandkiste.

Saras Augen schweiften weiter zur Straße. Von hier konnte sie sehen, wenn Hunter sein Auto vor der Wohnung parkte. Es gab genug Parkplätze in der Straße. Sie würde ihn nicht verpassen. Sie musste nur Geduld haben.

Sara beugte sich wieder über ihren Text. Sie schob die Haare zurück. Das Sonnenlicht flimmerte auf den Buchseiten. Sie hatte Durst. Sie tastete mit der Hand im Rucksack nach der Apfelsaft-Tüte.

Da hörte sie ein Hupen und schaute auf. Hunters Auto bog gerade um die Ecke. Er hupte, weil ein Kind vor ihm auf Inlineskates über den Asphalt kurvte.

Sara schlug ihr Buch zu und steckte es in den Rucksack. Ihr Herz klopfte, als sie sich auf der Bank so drehte, dass sie Hunters Auto verfolgen konnte.

Er parkte seinen Wagen auf der anderen Straßenseite. Er stieg aus. An diesem Tag trug er helle Hosen und Espadrilles, ein weißes T-Shirt und um den Hals eine Trillerpfeife.

Vielleicht hatten sie Volleyball gespielt im Jugendzentrum. Sie hatte gehört, dass Hunter einen Platz im Nachbarhof organisiert und die Erlaubnis bekommen hatte, zweimal in der Woche eine Mannschaft zu trainieren. Alle Jungen rissen sich darum, in die Mannschaft aufgenommen zu werden.

Es war zehn Minuten nach sechs. Sara hatte mehr als zwei Stunden gewartet. Dafür war die Zeit schnell vergangen. Als sie ihre Sachen packte und aufstand, folgten ihr die Blicke der Mütter.

Sara lächelte zu ihnen hinüber. Sie lächelten, ein bisschen argwöhnisch, zurück. Mütter hatten immer Angst um ihre Kinder.

Sara schloss sorgsam die Gittertür. Hunter war in seinem Hausflur verschwunden. Sara ging am Spielplatz vorbei. Dann an der Reinigung, an der Zoohandlung. Sara überquerte die Straße.

Die Tür zu Hunters Haus war verschlossen. Sie war frisch lackiert, mit einem schönen Messinggriff. Sara studierte die Namen der Bewohner.

Jürgens.
Mühlbauer 2× klingeln
Herzog & Trost 3. Stock.

Ihr war auf einmal bewusst, dass sie Hunters Nachnamen gar nicht kannte.

Fürstenberg. Ob er so hieß?

Nein, Hunter hieß mit Vornamen Jan. Und vor Fürstenberg stand ein D.

Komisch, dachte sie, da habe ich in einem Kimono in einer fremden Wohnung gesessen und weiß nicht einmal, wie der Mensch mit Nachnamen heißt. Das kommt davon, wenn alle Leute Spitznamen tragen. Plötzlich kam ihr in den Sinn, dass das eine gute Tarnung war, wenn man sich einen Spitznamen zulegte. Und keiner den richtigen Namen kannte.

J. Emskötter. 1× klingeln.

Ja, das könnte er sein. J für Jan.

Es war die oberste Klingel. Hunter wohnte im Dachgeschoss.

Sara holte zweimal tief Luft, dann drückte sie. Sie wartete, mit klopfendem Herzen. Es passierte nichts. Gar nichts.

Sara trat einen Schritt von der Haustür zurück und schaute sich verstohlen um. Sie fühlte sich wie ein Dieb, es war verrückt.

Da wurde die Tür von innen geöffnet. Ein junger Mann im Fahrraddress kam heraus, ein Rennrad über der Schulter. Er trug diese Radfahrerschuhe mit Spikes, in denen man nicht normal gehen kann. Beinah wäre sein Vorderreifen gegen ihren Kopf geschlagen.

„Oh Mann“, rief er erschrocken, „Verzeihung. Aber die blöde Tür. Man sieht nie, wenn jemand draußen steht.“

„Schon gut, ist ja nichts passiert.“

„Du willst rein?“, fragte er, mit einer Hand die Tür aufhaltend.

„Ich wollte zu Hunter“, sagte Sara.

Der Radfahrer lächelte. „Ah, Hunter. Das ist der von oben, was? Der mit der tollen Dachterrasse. Das ganze Haus spricht davon." Er hielt die Tür auf und ließ Sara vorbei.

Sie lief die Treppen hinauf. Im vierten Stock hing links ein handgemaltes Schild: *Hier wohnt Dennis*.

Rechts hing keins.

Sara legte den Kopf gegen die Tür und lauschte. Sie hörte nichts. Sie nahm ihren Mut zusammen und klingelte. Den Rucksack gegen den Bauch gepresst.

Es dauerte lange. Schließlich hörte sie eine Tür, Schritte. Und Hunters Stimme. „Ja?"

„Hallo", flüsterte Sara. Sie bekam keinen richtigen Ton heraus. „Ich bin's."

„Wer denn?", fragte Hunter.

„Ich", flüsterte Sara.

„Karin?", rief Hunter.

„Nein, nicht Karin, ich."

„Ramona?"

Oh, dachte Sara, er hat offenbar viel Damenbesuch hier.

„Sara", rief sie, ein bisschen lauter. „Ich wollte nur kurz fragen, ob …"

Die Tür öffnete sich. Hunter stand da, ein Badetuch um die Lenden gewickelt. „Ich komm gerade aus der Dusche", sagte er. Er war überrascht, sie zu sehen, das war offensichtlich.

Die Röte schoss Sara in den Kopf. „Soll ich später noch mal kommen?"

„Nein, nein." Hunter lächelte jetzt. Er trat einen Schritt zur Seite. „Du fällst ja wohl vor einem nackten Mann nicht in Ohnmacht, oder?"

„Ich komm nachher noch mal." Sara wollte wieder umdrehen.

Aber Hunter hielt sie fest. „Unsinn. Ich freue mich, dass du da bist. Geh so lange da rein, ja?" Er schob sie ins Wohnzimmer. „Ich bin in einer Minute da."

Sara trug ihre Cargopants mit den vielen Taschen an den Beinen. Sie steckte die rechte Hand in eine von ihnen, zog verstohlen den Mini-Rekorder heraus und drückte auf *Record*. Sie prüfte, ob das Gerät ansprang, und schob es wieder zurück. Dann setzte sie sich auf die Sofakante, aufrecht und gespannt, und wartete.

Hunter erschien. Er hatte sich Hosen angezogen, zog gerade den Gürtel eng. Das T-Shirt hatte er um den Hals gehängt. Sein Oberkörper war braun und muskulös.

Vielleicht will er mir den zeigen, dachte Sara.

Hunter lächelte. Er ließ sich neben Sara auf das Sofa fallen und nahm ihre Hand. Er streichelte ihren Arm. „Ich hab gedacht, du bist sauer auf mich", sagte er.

„Ich wollte meine Schuhe holen", sagte Sara.

Hunter lachte. „Nur deine Schuhe?“ Er zog sie zu sich herüber. Sara blieb steif sitzen.

„Die Ferien fangen an. Ich brauch die Schuhe.“

„Du hast doch so schöne an.“ Hunter blickte auf ihre Ballerinas.

„Die sind kaputt“, sagte Sara, „die haben schon ein Loch in der Sohle.“

„Zeig mal.“ Er bückte sich, um Saras Ballerinas anzusehen. Dabei streifte sein Arm ihre Hosentasche.

Sara hielt vor Schreck die Luft an. Aber Hunter merkte nichts.

„Du willst also deine Sandalen“, sagte er, „ich hab mich schon gewundert, wieso du sie nicht holst.“

„Ich hab mich vorher nicht getraut.“

„Was?“ Hunter lachte selbstgefällig. „Wieso hast du dich nicht getraut?“

„Wegen dem, was gewesen ist.“

„Ach? Ist etwas gewesen? Erzähl mal.“

„Das wissen Sie genau. An dem Abend. Nach der Diskonacht in dem Freizeitheim. Als ich hier war.“

„Stimmt“, sagte Hunter. „Eigentlich eine schöne Nacht. Ich meine, es hätte eine werden können.“

„Ich wollte Ihnen sagen, dass ich nicht mehr ins Jugendzentrum komme.“

„Das hab ich schon gemerkt. Und wieso nicht?“

„Wegen dieser Sache neulich im Auto. Ich mag das nicht, wenn Sie mich anfassen.“

„Komm, nicht schwindeln. Alle Mädels mögen das."

„Aber ich nicht."

„Aber meinen Kimono hast du gern getragen. Und wie du da oben auf der Liege gelegen hast ... das hat sich mir aber anders dargestellt."

„Deshalb bin ich ja auch weggelaufen, bevor Sie etwas mit mir machen konnten."

„Ich weiß", sagte Hunter, „aber das war nicht fair von dir."

„Ich bin erst fünfzehn", sagte Sara.

„Das macht doch nichts. Heute haben Mädchen mit fünfzehn doch alle schon eine Vergangenheit."

„Ich aber nicht", sagte Sara. „Außerdem bin ich nicht verliebt in Sie. Ich bin in einen anderen Jungen verliebt."

„Weiß ich doch. In Ivo. Das war ja nicht zu übersehen. Aber was ist mit mir?" Hunter zog Sara an sich.

„Lassen Sie mich los!", rief sie. „Ich will das nicht! Ich will meine Sandalen, und dann muss ich wieder gehen."

„Was bist du für eine kleine Kratzbürste", sagte Hunter sanft.

„Sie sollen mich loslassen!"

„Komm. Neulich, das hat dir doch Spaß gemacht ..."

„Lassen Sie mich los!"

„Weißt du, was mir an dir gefällt? Dass du so wild bist!"

Sara sprang auf und rannte in den Flur.

„Ich zeige Sie an!“, schrie sie. „Wenn das Jugendamt erfährt, was Sie machen … dann …“

Hunter war mit einem Satz hinter ihr.

„Kleine Schlange“, zischte er.

„Wo sind meine Sandalen?“, schrie Sara zurück. „Ich will endlich meine Schuhe!“

„Deine Schuhe sind nicht hier. Die sind woanders. Komm, wir fahren zusammen hin.“

„Ich steig nie wieder in Ihr Auto. Nie wieder!“, schrie Sara und riss die Wohnungstür auf.

Jetzt konnten sie im Treppenhaus alle hören. Hunter machte einen Satz und hielt ihr den Mund zu. „Bist du still“, zischte er. „Willst du mich unmöglich machen? Du kriegst deine Schuhe. Warte hier.“

Er schob sie aus der Wohnung und schloss die Tür. Sara wartete mit klopfendem Herzen.

Einen Augenblick später ging die Tür auf, und Hunter reichte ihr in einer Plastiktüte die Sandalen.

„Danke“, sagte Sara.

Hunter sagte nichts. Er schlug die Tür einfach zu. Sara lief die Treppen nach unten. Sie lief bis zur S-Bahn-Station, durch die Unterführung bis zu den Bahngleisen. Die S-Bahn kam genau in diesem Moment, die Türen öffneten sich, die Leute stiegen aus, und Sara zwängte sich hinein, so als sei Hunter immer noch hinter ihr her. Hunter, der Jäger. Und sie die Beute, die ihm gerade entkommen war.

Erschöpft ließ sie sich auf die Bank fallen. Sie schloss die Augen. Sie bekam kaum Luft, ihre Kehle war trocken, das Herz schlug. Als sie die Augen öffnete, ratterte die S-Bahn gerade über die Eisenbrücke. Unter ihnen das träge Wasser der Spree. Eine alte Frau ihr gegenüber beugte sich vor. Besorgt fragte sie: „Geht es dir nicht gut, Kindchen?"

Sara lächelte. „Danke, jetzt geht es mir gut, danke, alles in Ordnung."

Sie zog das Diktiergerät vorsichtig aus der Hosentasche. Sie streichelte es mit den Daumen. Die Frau musterte sie.

Dann ließ sie das Band zurücklaufen, hielt es an das Ohr. Sie konnte ihre Stimme hören, dann Hunters Stimme. Sara seufzte erleichtert.

Es hatte geklappt! Alles war auf Band. Der Beweis. Sie hatte den Beweis.

Jetzt musste sie nur noch ein zweites Mal Glück haben. Sie betete, dass Ivo zu Hause war.

19

Ivo wohnte in einer ruhigen Villenstraße. Die Häuser waren grau, aber es gab verwilderte Gärten mit großen Rasenflächen und kleinen Planschbecken, in denen Kinder herumtobten.

Ivo wohnte im Haus Nummer 3. Sie hatte das alles vorher ausgekundschaftet. Sie war ja nie bei ihm zu Hause gewesen.

Die Gartentür stand offen. Ivo arbeitete in der Garage an seinem Faltboot. Er prüfte offenbar, ob das Boot Löcher oder defekte Stellen hatte.

Sara wollte zuerst warten, bis er zu ihr hochschauen würde. Aber Ivo war viel zu beschäftigt.

Schließlich nahm sie ihren Mut zusammen, öffnete das Tor und ging auf die Garage zu.

„Hallo", sagte sie, als sie fast vor ihm stand.

Ivo zuckte zusammen. Seine Nase wurde ganz weiß. „Oh", sagte er, „was machst du denn hier?"

„Das ist ein schönes Boot", sagte Sara, weil ihr sonst nichts einfiel.

„Ja", sagte Ivo. „Ich hoffe nur, es hat keine Löcher."

„Sieht nicht so aus, oder?"

„Na ja, es ist seit zwei Jahren nicht mehr benutzt worden. Mohammed und ich wollen damit nach Schweden."

„Hab ich gehört."

Ivo schaute sie an. Sara versuchte ein Lächeln.

Er fragt sich, warum ich hier bin, dachte Sara. Sie konnte nicht sagen, ob er sich freute oder ob es ihn störte, dass sie auf einmal da war.

„Ich habe etwas für dich", sagte sie.

„Für mich?"

Sara nahm den Rekorder aus der Tasche. „Hier."

„Was ist das?“

„Das Band da drin“, sagte Sara, „ich dachte, es interessiert dich vielleicht.“

Ivo nahm den Rekorder und drehte ihn hin und her.

„Und was soll ich damit?“

„Eine Nachricht für dich“, sagte Sara. „Ich will nur, dass du es weißt.“

„Was denn?“

„Hör es dir an“, sagte Sara. „Du musst nur auf *Play* drücken. Ich hab schon zurückgespult. Es dauert nicht lange, zehn Minuten oder so, aber dann weißt du alles.“ Sie drehte sich um.

„Hey!“, rief Ivo. „Gehst du jetzt wieder, oder was?“

Sara deutete auf die Straße. „Ich warte lieber dort drüben.“

Ivo verzog sich mit dem Diktiergerät ins Innere der Garage. Sara wartete, den Rucksack gegen den Bauch gepresst. Ihr war vor Aufregung übel. In ihrem Kopf rauschte es. Die Sonne brannte in den Augen, und ihr ganzer Körper juckte.

Lieber Gott, betete sie, mach, dass er mir jetzt glaubt. Bitte, lieber Gott, ich hab dich nie um etwas gebeten …

Ihr fiel ein, dass das nicht stimmte. Als ihre Mutter so krank war, hatte sie auch immer zum lieben Gott gebetet und sich gleichzeitig geschämt, weil sie in der Schule immer gesagt hatte, sie glaube nicht an Gott. Warum war das Leben nur so furchtbar kompliziert?

Und besonders, wenn man verliebt war.

Sie hockte auf einer kleinen Steinmauer, den Kopf gegen einen alten Pfahl gelehnt. Sie hatte die Augen geschlossen.

Da fiel auf einmal ein Schatten über ihr Gesicht. Und jemand sagte: „Hey."

Sie öffnete die Augen. Da stand Ivo. Und Ivo lächelte, seine Augen lächelten, sein Mund, seine Stirn, sein ganzer Körper lächelte.

„Du hast ihm gesagt, dass du in mich verliebt bist?"

Sara schaute ihn nur an. Sie konnte nicht nicken, nichts sagen, gar nichts.

„Und dieser Kerl … der hat das echt mit dir gemacht? Ich meine, was hat er genau mit dir gemacht?"

Sara hob nur die Schultern. „Ich hab's ihm nicht erlaubt. Gar nichts. Aber er hat's versucht."

Ivo ging vor ihr in die Hocke. Er schaute sie an, jetzt von schräg unten. Er lächelte.

„Weißt du was?"

„Nein", sagte Sara.

„Meine Mutter hat zu mir gesagt, vielleicht klärt sich alles auf. Sie hat Recht gehabt."

„Ich dachte, deine Mutter hält mich für eine Schlampe oder so was."

„Quatsch."

„Hast du aber gesagt. Ich hab ja kaum gewagt, euren Garten zu betreten."

„Dann holen wir das jetzt nach." Er zog sie hoch. Ihre Gesichter waren einander ganz nah. Fast berührten sich ihre Nasenspitzen. In seinen Augen flimmerte das Sonnenlicht. Oder etwas anderes, dachte Sara. Vielleicht sehen Augen so aus, wenn man verliebt ist. Vielleicht sieht er in meinen Augen jetzt genau dieses Flimmern.

Oh Mann, ist das schön ... Sie schloss die Augen.

„Hey, was ist jetzt?"

„Nichts", flüsterte Sara.

„Nichts? Wieso nichts? Mann, ich fühl mich, als wenn ich gerade mit dem Heißluftballon aufsteige, und du sagst nichts?"

„Ich bin bloß glücklich", flüsterte Sara.

Er lachte. „Okay, das geht in Ordnung. Glücklich bin ich auch. Komm mit. Ich muss das meiner Mama sagen. Das ist der Wahnsinn. Sie hat gewusst, dass sich alles aufklärt. Ich hatte solchen Liebeskummer, echt, so was hab ich noch nie erlebt. Ich dachte, ich geh daran kaputt."

„Ich auch", sagte Sara. „Ich auch."

Saras Herz klopfte wie wild, als sie neben Ivo herging. „Und ich hatte so einen Bammel."

„Das glaub ich dir", sagte Ivo. „Da noch mal hinzugehen. Und wenn der geschnallt hätte, dass du einen Rekorder dabeihast!"

„Der hätte mich fertig gemacht“, sagte Sara.

Ivo schaute sie an. „Mhm. Ich denke schon. Denn das Ding hier, das ist heiß, weißt du das? Das ist ein richtiges Beweismittel. Ich würde das gerne meiner Mama zeigen.“

Sara blieb stehen. „Deiner Mama? Ivo, wenn du das tust …!“

„Meine Mama ist Rechtsanwältin. Die weiß, wie man mit so was umgeht. Oh Mann, wieso hast du nicht mit deinem Vater geredet?“

„Ich wollte ihn da raushalten. Der hatte genug eigene Probleme. Außerdem kommt bei uns alles wieder ein bisschen ins Lot, seit Rita da ist. Und er diesen neuen Job hat. Ich wollte da nichts kaputtmachen, verstehst du?“

Ivo nickte nachdenklich. „Du hast einen Haufen Mist am Hals gehabt. Das merk ich jetzt erst. Aber wieso hast du mir gegenüber nicht eine kleine Andeutung gemacht? Wenn ich auch nur den Hauch einer Ahnung gehabt hätte, was sich da abspielt. Die Leute in der Sozialbehörde müssen wissen, was Hunter für ein Typ ist. Der ist ja gemeingefährlich. So einen lassen die auf die Kids los. Auf ahnungslose Kids. Oh Mann, ich darf gar nicht daran denken. Ich krieg so einen dicken Hals vor Wut.“

„Ivo, willst du wirklich deiner Mutter das Band …“

Sara wurde ganz heiß bei dem Gedanken, dass noch jemand von ihrer Geschichte erfahren könnte. Andererseits: Durfte sie sie überhaupt für sich behalten? Die Behörden mussten es doch erfahren, sonst wäre alles umsonst gewesen, und Hunter könnte einfach so weitermachen wie bisher, mit anderen Mädchen, die sich vielleicht auch nicht wehrten.

Ivo baute sich vor Sara auf. Er fasste ihre Hände und zwang sie, ihm in die Augen zu sehen. „Meine Mama ist in Ordnung. Echt. Du weißt doch, dass ich mit ihr über alles reden kann. Sogar über meinen Liebeskummer."

Er beugte sich vor und küsste sie. Ganz vorsichtig. Sara blinzelte. „Weißt du, weshalb es trotzdem ein klasse Tonband ist? Weil da eine gewisse Sara sagt, dass sie einen gewissen Ivo ziemlich gut findet. Noch genauer: dass sie in ihn verliebt ist. Das ist etwas anderes als verknallt. Oder?"

„Was ganz anderes", flüsterte Sara.

„Und weißt du, was das Tollste ist?", fragte Ivo. „Dass ich genauso in dich verliebt bin. Oh Mann, ich glaube, ich springe gleich in die Luft, und dann häng ich oben am Himmel, drei Kilometer über der Erde."

Sara legte ihre Arme um seinen Hals. „Dann halt mich lieber fest", sagte sie. „Ich will mit dir am Himmel hängen. Das muss toll sein."